VRMMO《マジクラ》最強プレイヤー、アルマ。

その元に届いた運営からのお知らせは——

サービス終了のお知らせ
「どうせ終わるなら、派手にやってやる！」

自棄になって使った錬金術の結果、ゲームの世界から姿を消したアルマの行方は——!?

最強錬金術師の異世界開拓記

「さて、仕上げといこうか」
アルマがスキルを行使すると、あっという間に芽が出て、茎が伸びていく。
アルマ
《マジクラ》最強の錬金術師。異世界に転移してもスキルと知識は健在!
メイリー
《マジクラ》最強格のドラゴンの子供が人化した姿。アルマを主と慕う。

手始めに
食糧難を解決！
「こ、こんな
植えてから
一瞬で!?」
エリシア
悪徳錬金術師に
支配されている村の住人。
アルマに助けを求めた。
ヴェイン
村を牛耳る悪徳錬金術師。
アルマの実力に
理解が追いつかない様子。

資源探しに
ダンジョンへ！
「こうリアルだと、
ちょっと尻込み
したくなるな」
アルマは言葉とは裏腹に、
楽し気な笑みを浮かべていた。

猫子
illust.riritto
最強錬金術師の異世界開拓記

口絵・本文イラスト：ｒｉｒｉｔｔｏ
デザイン：ＡＦＴＥＲＧＬＯＷ

CONTENTS

SAIKYOU RENKINJYUTSUSHI NO
ISEKAI KAITAKUKI

第一話　錬《れん》金《きん》王《おう》アルマの異世界転移

SAIKYOU RENKINJYUTSUSHI NO ISEKAI KAITAKUKI

1

壁《かべ》一面が宝石に覆《おお》われた広間があった。

その中央には黄金と宝石がふんだんにあしらわれた玉座があり、そこには蒼髪《あおがみ》の魔術師《まじゅつし》が座《すわ》っていた。白い衣《ころも》を纏《まと》っており、目の下には尾を食らう蛇《ウロボロス》の赤い紋章《もんしょう》が入っている。

彼《かれ》の名はアルマ。世界中より《錬金王アルマ》と畏怖《いふ》される錬金術師であった。個人で全世界の半分の財を所有していると噂《うわさ》されており、過去には敵対した国を大陸ごと消し飛ばしたこともあると畏《おそ》れられている。

ここは彼の居城、《天空要塞《ようさい》ヴァルハラ》の奥地《おくち》、《王の間》であった。錬金術師は皆《みな》、本格的な作業に着手するための錬金工房《こうぼう》を持っている。アルマにとって、それがここ《王の間》であった。

部屋の端《はし》には深紅《しんく》の輝《かがや》きを放つ宝石、アダマント鉱石で造られた作業机や炉《ろ》、収納箱が並んでいる。高価なアダマント鉱石をここまで無遠慮《ぶえんりょ》に扱《あつか》える者は、世界広しといえど《錬金王アルマ》の他《ほか》にいない。

アルマの前に、一人の鶏頭《けいとう》のスーツ姿の男が立っていた。彼の名はオンドゥルル。《錬金王アルマ》の錬金工房に立ち入ることを唯一《ゆいいつ》許された部下である。元々、オンドゥルルはアルマの造ったキメラであった。

「アルマ様、これを」

「うむ」

アルマはオンドゥルルの差し出した手紙を受け取る。金色の封蝋《ふうろう》を指先から出した炎《ほのお》で炙《あぶ》って剥《は》がし、中身を確認《かくにん》する。

手紙の中身に目を通すと、アルマは冷静だった顔を歪《ゆが》め、玉座から床《ゆか》へと素早《すばや》く崩《くず》れ落ちた。

「だから言っただろうがクソ運営とクソランカーどもがあああああああっ！」

アルマは握《にぎ》り拳《こぶし》を作り、激しく床を殴《なぐ》りつける。

手紙の送り主は《運営》であり、内容は『本ゲームである《マジッククラフト》のサービスを三か月後に終了《しゅうりょう》する』といったものであった。そう、この世界はＶＲＭＭＯ《マジッククラフト》……通称《つうしょう》、マジクラの世界なのだ。

マジクラは、魔物の溢《あふ》れる世界で錬金術師が自由に素材を集めて拠点《きょてん》となる居城や都市を築いていく、といったコンセプトのゲームであった。

自由度がとにかく高く、素材と工夫次第《くふうしだい》で戦車でも飛行機でも自在に造り出せるのが最大の売りである。運営の方針で、世界観やゲームバランスよりも自由度を重視したい、という点に重きを置いていた。

しかし、その自由度優先が災《わざわ》いしていた。自由度の高さ故《ゆえ》に、工夫次第で他のプレイヤーを出し抜《ぬ》ける裏技《うらわざ》やテクニックが無数に存在しており、プレイヤー間の格差が急激に広がっていったのだ。初心者プレイヤーは拠点となる小屋を建設するのに丸一日掛《か》かるのに対して、上位プレイヤーは半日もあれば海や山を築き上げることさえ可能なのだ。

また、最悪なことに、マジクラの運営はプレイヤーキルを完全に野放しにしていた。彼らはそれが自由度、このゲームの売りであり醍醐味《だいごみ》であると妄信《もうしん》している節があった。運営が介在《かいざい》しないプレイヤー間の闘争《とうそう》にこそドラマがあり、それが面白《おもしろ》さになると考えていたのだ。

その結果、上位プレイヤーが初心者の村や砦《とりで》を遊び半分で爆散《ばくさん》させたり水没《すいぼつ》させたりする蛮行《ばんこう》が横行していた。五千時間掛けた都市が三分で破壊《はかい》されたプレイヤーもいる。マジクラの世界は恐《おそ》ろしく広大であるためNPCの村が滅《ほろ》びることはなかったが、プレイヤーは有限である。心に傷を負ったプレイヤーは去っていき、マジクラの過疎《かそ》化が進んでいた。

元々そのせいでサービス終了が噂されており、ここ最近のアルマは他の上位勢に蛮行を控《ひか》えて初心者を保護するように訴《うった》えていた。だが、最近アップデートで現れた《ゴブリン菌《きん》》と《地震《じしん》発生装置》が他プレイヤーの都市を壊《こわ》すのに適した悪魔のアイテムであり、つい我慢《がまん》できなかった上位勢によって多くの都市が滅ぼされていた。

アルマは必死に運営に仕様の改善を求めていたが、その返事がこのサービス終了通告である。もしかしたら既《すで》にサービス終了は決まっており、この二つのアイテムは運営の遊び心だったのかもしれない。

「馬鹿《ばか》っ！　本当に馬鹿！　何考えてるんだ、どいつもこいつも！　確かに俺《おれ》も、昔は兵器の実験で大陸一つ沈《しず》めちゃったことあるけどさぁ！　わかるじゃん、これ以上やったら終わるって！　わかってたじゃん！」

アルマは泣き崩れた後、仰向《あおむ》けになって駄々《だだ》っ子のように暴れていた。その様子をオンドゥルは、円《つぶ》らな瞳《ひとみ》でじっと見つめていた。

「どうなさいましたか、アルマ様？」

「わからんさ！　ＮＰＣには！　……そう、そうだ！　どうせ終わるなら、派手にやってやる！」

アルマは起き上がり、収納箱を開いて漆黒《しっこく》の輝きを帯びた金属品を大量に取り出していく。王冠《おうかん》から剣《けん》、首飾《くびかざ》りまで様々である。

アルマが手を翳《かざ》すと、それらが宙に浮《う》かんだ。アルマはその材料を、まとめてアダマント製の炉へと放《ほう》り込《こ》んでいく。

「アルマ様⁉　いけませせぬ。乱心いたしましたか？　ヴァルハラの宝物を、そんな粗末《そまつ》に……！　あれはこの世で最も価値のある物質、莫大《ばくだい》なエネルギーを秘《ひ》めた、暗黒結晶《ダークマター》から造られた代物《しろもの》ではありませんか！」

「ハハハ！　前からやってみたかったんだ！　なに、凄《すご》いものが出来るかもしれないぞ！　ここにアダマント製のアイテムと……そうだな、《終末爆弾《ばくだん》》をぶち込んでやるのはどうだ？　逆に楽しくなってきたな？」

「お止《や》めください、アルマ様！　何が起こるかわかりません！」

「俺を止めるなオンドゥルル！　立派なローストチキンになりたくなければな！」

アルマはオンドゥルルを振《ふ》り払《はら》う。

しかし、とアルマは舌舐《したな》めずりをした。ＮＰＣは簡単な受け答えしかできず、基本的には主《あるじ》に従順である。そのＮＰＣがこれだけ止めるということは、この組み合わせには何かとんでもないものを造り出す力があるのかもしれない。

「高く積み上げた積木ほど、爽快《そうかい》に崩したいよなぁ？　どうせなら兵器を造って、サービス終了までの三か月、本気でこの世界の全大陸を一面の海原《うなばら》に変えてやる！」

アルマは高笑いしながら、炉の下にも暗黒結晶《ダークマター》製のアイテムを雑に投げ込んでいく。続けて手を翳すと、暗黒結晶《ダークマター》は黒い炎へと変わっていく。

暗黒結晶《ダークマター》は魔法干渉《かんしょう》によって、膨大《ぼうだい》な未知のエネルギーを秘めた炎へと変わるのだ。まだ詳《くわ》しくはマジクラプレイヤーの間でも解明されていなかった。

「さあ、《アルケミー》！　何が出来上がるかお楽しみだ！」

アルマが高らかにそう宣言した瞬間《しゅんかん》、世界一強固なアダマント製の炉が虹《にじ》色の光を放ちながら爆発した。

「さ、さすがに《終末爆弾》はまずかったか……？」

放たれた光は《王の間》の壁を、アルマを貫《つらぬ》いた。アルマの視界が眩《まばゆ》い虹の光に塗《ぬ》り潰《つぶ》されていく。

この日、マジクラ最強のプレイヤーであったアルマの居城《天空要塞ヴァルハラ》は謎《なぞ》の怪《かい》光線によって海原へと墜《お》ちた。余談ではあるが、多くのマジクラプレイヤー達《たち》はアルマの遺産である《天空要塞ヴァルハラ》の残骸《ざんがい》を回収するためにこの場に集結し、サービス終了までの残りの三か月間争い続けることとなった。

2

「げふっ、げふっ、い、痛い……」

アルマは地面に座り込んだまま、頭を押《お》さえる。苦しげに呻《うめ》いてから、自分の言葉に違和《いわ》感を覚えた。

確か、アルマは扱いの危険な暗黒結晶《ダークマター》を用いて錬金術を行い、その結果として大爆発を引き起こすことになった。しかし、それは所詮《しょせん》ゲームの世界での話である。マジクラの中の出来事に過ぎない。

マジクラには当然、痛覚など設定されていない。ダメージを受けた際にちょっとした衝撃《しょうげき》を感じるようにはなっているが、その程度である。

「痛い……？」

自分の言葉を反芻《はんすう》し、顔を上げる。太陽が眩《まぶ》しかった。アルマは草原の中に座り込んでいたのだ。見えるものすべてが、感じるものすべてが、あまりにリアルすぎた。ならば、ここはただの現実世界の草原ではなかろうか。そう考えたアルマの思考を、金の刺繍《ししゅう》の入った服の袖《そで》が否定する。

「これ、俺がマジクラの中で造ったローブ……？」

立ち上がり、自分の服をよく確認する。見れば見るほど、疑いようのないくらいに、マジクラで装備していた防具であった。まさかここはゲームの中ではなかろうかという考えが頭を掠《かす》める。しかし、そんなことは有り得ないとすぐに否定した。

ただの現実世界だ、ここは地球のどこかだ。そうに決まってる。

「おい、誰《だれ》かいないのか！　ドッキリで俺を騙《だま》そうだなんて趣味《しゅみ》が悪いぞ！」

アルマが声を荒《あら》らげたとき、背後より誰かが走っているような音が聞こえてきた。どうやら人がいるらしいと気が付き、アルマは音が聞こえてくる方へと振り返る。

遠くに、八体の小鬼《こおに》に追われる、男女二人の姿が見えた。

「だっ、誰かぁっ！　助けてくれぇっ！」

男の方が悲鳴の声を上げる。

「ゴブリン……？」

アルマは小鬼を見て、そう呟《つぶや》いた。

小鬼達は子供程《ほど》の背丈《せたけ》があり、耳が大きく、潰れた豚《ぶた》のような顔をしている。マジクラで出てくるモンスター、ゴブリンと全く同じ外見をしていた。

ゴブリンは一体一体は強くないが、群れで行動することと、多少の悪知恵《わるぢえ》が働くのが脅威《きょうい》の魔物であった。ゴブリン達は棍棒《こんぼう》や弓、大きな盾《たて》を手にしている。ボロボロの装備だが、徒手のゴブリンよりは圧倒《あっとう》的に脅威だ。

逃《に》げている二人は、革鎧《かわよろい》を纏っており、剣を手にしていた。最低限の装備は整っているが、ゴブリン達に敵《かな》わないと判断し、逃走《とうそう》中のようであった。

「ほ、本当に、ゲームの世界なのか……⁉」

現実では有り得ない光景を前に、アルマはそう呟いた。

「そっ、そこの御方《おかた》、手を貸していただけませんか！」

金髪《きんぱつ》の女剣士がこちらへ叫《さけ》ぶ。

「悪いが、そんなこと言われても、丸腰《まるごし》の俺にできることなんて……」

アルマはそう言いながら、腰に手を回し、何か武器でも身に纏っていないかと確かめる。腰の革ベルトに、青い袋《ふくろ》が掛かっていることに気が付いた。

「ま、《魔法袋》……？　そうか、ここが本当にマジクラの世界なら……！」

マジクラでは《魔法袋》という、見かけの数十倍の量の荷物を収納できるアイテムがあった。全《すべ》てのプレイヤーが持ち歩いているアイテムである。

手を触《ふ》れていれば、袋の中のイメージが脳裏《のうり》に浮かんできた。アルマはその中から水晶玉《すいしょうだま》を選び、取り出した。これは《龍珠《りゅうしゅ》》といい、自身に服従している魔物を封《ふう》じておくことができるものである。

「あった！　出てこい、メイリー！」

アルマは《龍珠》を掲《かか》げる。そこから白い光が抜け出て宙で集まり、白い、綺麗《きれい》な竜《りゅう》へと変わった。全長三メートル程度であり、尾《お》の先から頭まで、全身が純白であった。

「きゅぴぃ」

白竜はそう鳴くと、宙返りをしてアルマへと、媚《こ》びるように擦《す》り寄ってくる。

「ほ、本当に出てきた……」

白竜のメイリーは、世界竜オピーオーンという、マジクラ最強格のイベントボスが遺《のこ》した卵より生まれた子竜であった。

オピーオーンは元々、魔力を吸って力を付ける魔物である。世界の自然エネルギーの源といえる、龍脈と呼ばれる地脈の膨大な魔力の流れがある。オピーオーンが自身の延命のために龍脈を吸い上げ始めたため、討伐《とうばつ》しなければならない、というイベントであった。

討伐後、オピーオーンはこれから生まれるであろう娘《むすめ》の世話をするために強引《ごういん》な延命を図《はか》っていたことを明かし、最後に錬金術師達に娘の卵を託《たく》す。

……そこまでならいい話で終わるのだが、討伐まで協力していた錬金術師達が目の色を変え、血で血を洗う世界竜の卵争奪戦《そうだつせん》を始めたことは言うまでもない。オピーオーンの被害《ひがい》よりも卵戦争の被害の方が遥《はる》かに大きいくらいであった。何せ、服従確定のユニークモンスターの卵である。

マジクラのイベントはどのような形で始まろうとも、最終的には不毛で終わる。人間とはかくも醜《みにく》いものなのかと、当時のアルマも唖然《あぜん》としたものだった。マジクラのイベントとはそういうものなのだ。最終的には、一番恐ろしいのは人間であるという教訓を錬金術師達に与《あた》えてくれる。もっとも、激戦を制してちゃっかり世界竜の卵を手に入れたのもアルマであったのだが。

「メイリー、あのゴブリンを片付けてくれ！」

『任せて、主様！』

アルマの命令に対し、メイリーが思念を送ってきた。《念話》というスキルである。ここまでくれば今更《いまさら》疑う余地もなかったが、本当にここはマジクラの世界らしいと、アルマは再確認した。

メイリーは意気揚々《ようよう》と飛んでいく。低空飛行して近づいたかと思えば、鉤爪《かぎづめ》を振り乱して二体のゴブリンを瞬殺した。バラバラになったゴブリンの身体《からだ》が散らばる。

「つ、強いっ！」

「あ、あの人、ドラゴンを従えているのか⁉　子竜だが、尋常《じんじょう》じゃない強さだぞ！」

助けられた二人は唖然としていた。

何せ、メイリーは世界竜オピーオーンの娘である。弱いわけがない。村近くに出る通常の敵など、どれだけいようが脅威にはならない。あっという間に続けて三体目、四体目のゴブリンが狩《か》られていく。

「ゴッ、ゴォォオオオ！」

ゴブリン達のリーダーがアルマへと向かってきた。通常のゴブリンよりも身体が大きく、全身に寄せ集めの鎧を装備しており、錆《さ》びた鉄の剣を手にしていた。コマンドゴブリンだ。ゴブリン達の部隊を指揮する役割を持つゴブリンである。

マジクラは素材を集め、拠点を築いていくのが主軸《しゆじく》のゲームである。故に上位プレイヤーであるアルマも、常人と比べて筋力に優《すぐ》れていたり、飛びぬけてタフだったりするわけではない。代わりにスキルが多く、アイテムの扱いと理解に長《た》けているのだ。

身体能力が常人と大差ないため、コマンドゴブリンに殺されることも有り得ない話ではなかった。だが、それは、アルマ自身が何も装備していなければ、の話である。

「俺なら勝てると思ったか」

アルマは再び《魔法袋》に手を触れ、いつも用いていたはずの剣を探す。脳裏にアダマントの、深紅の輝きが見えた。

あった、《アダマントソード》だ。アルマはそのイメージへ意識を集中し、《魔法袋》からアイテムを引き抜いて構えた。

「よしっ！　ん……？」

それからアルマは、奇妙《きみよう》なことに気づいた。輝きで勘違《かんちが》いしていたが、アルマの手にしていたそれは《アダマントソード》ではなかった。黒い木を磨《みが》いて造られた柄《え》の先には、四角い刃《は》がついていた。

《アダマントの鍬《くわ》》であった。アダマントの輝きを見て咄嗟《とつさ》に掴《つか》んだので、《アダマントソード》と勘違いしてしまったのだ。マジクラ内で畑を耕すための道具であった。通常の鍬よりも遥かに耐久値《たいきゆうち》が高く、野菜がちょっとだけ育ちやすくなる。

「ゴゴゴッ！」

コマンドゴブリンは剣を構え、アルマを嗤《わら》った。魔物を前に鍬を構えるのは、物資に余裕《よゆう》のない貧村の者くらいであった。

「ま、これでいいか」

振り下ろしたアダマントの刃が、コマンドゴブリンの剣を、兜《かぶと》を砕《くだ》く。頭を裂《さ》いて鎧を粉砕《ふんさい》する。

コマンドゴブリンの挽肉《ひきにく》が散らばった。

たとえ鍬とはいえ、伝説の鉱石アダマントの一撃は重い。文字通りコマンドゴブリンの命を刈《か》り取った。

「戦闘で使うと、耐久値が下がりやすいから嫌《いや》なんだけどな……」

アルマは溜《た》め息を吐《つ》いた。

『主様ー！　残りは片付いたよ！　ボクがやったよ！　褒《ほ》めて、褒めて！』

メイリーがゴブリンの肉塊《にくかい》の上で、素早く飛び回っていた。

「鍬……鍬状の剣？　いや、鍬……？」

「な、なんて出鱈目《でたらめ》な人達だ……」

アルマに助けられた二人は、目前の光景が信じられず呆然《ぼうぜん》としていた。

3

ふとアルマが目線を落としたとき、鍬の赤く透《す》き通った刃に、彼の顔が映り込んでいた。

「なるほど……どうやらこの顔つき……本当にマジクラの《錬金王アルマ》で間違いないみたいだな」

頬《ほお》の尾を食らう蛇《ウロボロス》の紋章を軽く指でなぞり、耳の金のピアスを抓《つま》んだ。

自分はマジクラのキャラクターで、異世界に転移した。そのことは、疑いようのない事実のようであった。

心当たりというにはあまりに馬鹿らしいが、ないわけではなかった。マジクラにおいて暗黒結晶《ダークマター》は本当に危険な、何が起こるか一切《いっさい》わからないアイテムであった。故にアルマも、これまで軽率《けいそつ》には触《さわ》らなかったものだ。大量の暗黒結晶《ダークマター》とアダマント、そして超《ちょう》高火力の《終末爆弾》を錬金した際の爆発によって、アルマはこのマジクラの世界に異世界転移することになったのだ。

アルマ自身、そんなことが起こるわけがないとは思っているが、しかしタイミングから考えれば、それしか有り得なかった。元より起こるはずのないことが起こっているのだ。最早《もはや》、何が原因であろうと不思議ではない。

元々、アルマはマジクラのトッププレイヤーであった。三度の飯よりマジクラが好きというのはアルマに限っては過言ではなく、二十四時間食わず寝《ね》ずでログインして体調を崩したことだってある。このゲームよりずっとリアルな世界でマジクラを楽しめる状況《じょうきょう》に心躍《おど》るものがないといえば嘘《うそ》になるが、しかしさすがに不安が勝《まさ》っていた。

「ありがとうございます……助けられました」

「もう駄目かと思ったぜ。アンタ、本当に強いんだな。俺はライネル……こっちの女がエリシアだ。

狩りに出ていたんだが、奴《やつ》らに襲《おそ》われてな。危ないところだった」

二人の剣士に礼を言われた。金髪の女剣士はエリシア、気の強そうな大男はライネルというようだった。

「俺はアルマだ。それで、こっちのがメイリーだ」

メイリーが宙返りをする。白竜の姿が、真っ白な少女へと変わった。頭には大きな角があり、ドレスからは長い尾が垂れ、背中からは翼《つばさ》が突《つ》き出していた。すべすべした白い肌《はだ》に、深紅の大きな瞳を持つ。人間離《ばな》れした美貌《びぼう》があった。

「主様、また遠出したの？　ここ、ボクの見たことないところだけど」

メイリーが周囲を見渡《みわた》し、そう口にした。

「まぁ、そんなところだ。落ち着いてからまた事情を説明してやる」

「ド、ドラゴンが、人間になった……？」

ライネルが目を瞬《しばたた》かせ、そう口にする。

「《人化》のスキルだ。高位のドラゴンは大体持っている」

「ドラゴン自体と、関《かか》わりがないものでな……。アルマ殿《どの》は、ドラゴンとよく関わるんだな……」

ライネルが呆気《あっけ》に取られたように目を丸くする。

「ところでライネルとエリシアは、近くの村から来たのか？　案内してもらえないか？」

アルマもこの世界に来たばかりである。落ち着いて、現状について整理したかった。そのためにもまず、人里に出向きたかった。

「ぜひ歓迎《かんげい》したいところなんだが……俺達は獲物《えもの》を探して、普段《ふだん》来ないようなところまで来ちまってな……。ゴブリンどもに追われて逃げ回っていたこともあって、ここがどこなのやら……」

「お恥《は》ずかしい話です……。迷いながらになるかもしれませんが、ご容赦《ようしゃ》を」

ライネルとエリシアはぺこぺこと頭を下げる。

「なるほど、周囲を見渡せる場所があれば道がわかるか？」

「え……？　しかし、そのようなところは……」

「任せてくれ」

アルマは頷《うなず》き、《魔法袋》へと手を触れ、中に入っているものを探《さぐ》る。

「ううむ、ロクなアイテムが入ってないな……」

アルマは大半のアイテムを《天空要塞ヴァルハラ》に保管しており、《魔法袋》には必要最低限のものしか入れていなかった。特にまともな武器が入っていない。《アダマントソード》を探してみたのだが、《アダマントの鍬》と《アダマントのツルハシ》、そして《アダマントの釣《つ》り竿《ざお》》しか出てこなかった。

「何か不都合がありましたか？」

エリシアに尋《たず》ねられ、アルマは首を横に振った。

「いや、想定していたことだ。どれ、力を試《ため》す意味でも、一から造ってみよう。櫓《やぐら》に、《遠見鏡》も欲《ほ》しいな」

アルマの口にした《遠見鏡》とは、双眼鏡《そうがんきょう》のことであった。マジクラの世界では、双眼鏡はそう称されていた。

「つ、造る……んですか？」

エリシアが訝《いぶか》しげにアルマへと尋ねる。

「ああ、そうだ」

アルマは《魔法袋》より《アダマントのツルハシ》を取り出した。軽く素振《すぶ》りをしてから近くの岩を狙《ねら》う。

「《ブレイク》！」

錬金術師のスキルであった。道具を用いて伝えた衝撃を、全体に均一に走らせることができるのだ。

マジクラで劣化《れっか》させずに素材を集めるためには、複数の条件がある。適した道具で採取を行うこと、高い品質の道具で採取を行うこと、錬金術師のスキルである《ブレイク》を用いることである。そこに採取を行う人物の器用値も加わってくる。これらの要素を欠かすほどに素材が使い物にならなくなったり、採取するためにとんでもない時間が掛かったりする。

ツルハシの一撃を受けた岩はビィンと震《ふる》え、その後バラバラになった。アルマはそれから残骸に手を翳す。

「《アルケミー》」

物質の状態や形状を変えたり、変化を促進《そくしん》させるスキルだ。錬金術師の代名詞でもあるスキルである。

岩の残骸と土が混ざり、小さな直方体が出来上がった。中には空洞《くうどう》があり、扉《とびら》がついている。

これは錬金炉である。元の世界でいうところの溶錬炉《ようれんろ》に近く、錬金術師の鉱石の精錬や溶解、合金製造の作業を補佐《ほさ》する大事なアイテムである。形状は暖炉に似ており、小さいなりに煙突《えんとつ》がついている。燃料を入れる小さな扉があり、その上に金属を入れる大きな扉がある。

「あ、あっという間に……！　アルマ殿は、錬金術師だったのか!?　しかし、この手際《てぎわ》のよさは……」

アルマの手腕《しゅわん》を見て、ライネルが息を呑《の》んだ。

「これでよし」

まずは《遠見鏡》を造ることにした。

辛《かろ》うじて《魔法袋》に残っていた石炭を取り出し、《錬金炉》の中へと入れる。砂を手で握って《アルケミー》を用いて分別し、硝子《ガラス》レンズの生成に必要な成分を取り出す。珪砂《けいしゃ》と呼ばれる、石英の粉である。一般《いっぱん》的な土壌《どじょう》には微量《びりょう》しか含《ふく》まれていないが、今回造りたいのは薄《うす》い小さなレンズなので、問題はなかった。

取り出した珪砂を《錬金炉》の上に置き、《ディンダー》という発火スキルで《錬金炉》に火をつけた。《アルケミー》で調整を加え、無事にレンズを造り出した。レンズを岩と砂を合わせた外装で覆っていき、あっという間に双眼鏡……《遠見鏡》を造り出すことができた。

ゲームではもっと大雑把《おおざっぱ》に造ることができた。それにアルマは元々、硝子だのなんだのに詳しいわけではないし、双眼鏡の細かい図面も頭に入ってなんかいなかった。だが、どうやら姿やスキルだけでなく、知識も『《錬金王アルマ》が持っているはずのもの』が今のアルマに与えられているようだった。

「さっすが主様、手際がいい！」

メイリーがぴょんぴょんと跳《は》ねて喜ぶ。続けてアルマは《錬金炉》とスキルを用いて岩の残骸を加工して《岩塊の斧《おの》》を造った。こんな低級アイテムを造ったのは久々であった。

周囲の木々を斧で殴りつけ、《ブレイク》で均一に破壊していく。木の残骸をメイリーに一か所へと集めさせた。

「主様ぁ～、これでいい？」

膂力《りよりよく》や速度はメイリーの方が遥かに上であった。力仕事は任せてしまった方が効率がいい。

「ああ、《アルケミー》！」

木々の断片《だんぺん》の形が整えられ、均一な木材へと変わっていく。

「《アーキテクチャー》！」

木々の断片が浮かび、組み重なっていく。節目を樹皮で造った紐《ひも》が固めていく。

要するにこれは、力を使わない建築のスキルである。物体に浮力《ふりよく》を与え、頭で描《えが》いたように組み立てていくことができる。便利な魔法ではあるが、もっとも範囲《はんい》や重量には制限があるし、そこまで燃費のいい魔力でもない。そのため単純な作業はメイリーに任せてしまった方が効率がいいのだ。

あっという間に、梯子《はしご》の掛かった大きな櫓が完成した。高さは軽く二十メートルはある。

「なるほど……ゲーム内のときと手間は変わらないか」

アルマはそう零《こぼ》しながら、自身の築いた櫓を見上げる。ものの数秒でこの櫓が完成した様は圧巻であった。

「さて、上から周囲の地形を確認したら、案内はお願いするぞ」

「い、一瞬で、こんな立派な櫓を……!?」

「私の知っている錬金術とは、全く次元が違います……！」

ライネルとエリシアは櫓を見上げ、感嘆《かんたん》の声を漏《も》らす。

「周囲を見てもわからなかったら、こいつを使ってくれ。目を当てれば、遠くが見える」

アルマはそう言い、ライネルに《遠見鏡》を手渡した。

「す、凄い、本当に遠くが見える！　これがあったら、平原の狩りも、危ない魔物を早くに察知できる上に獣《けもの》を追い掛けられるから、全く危険度も効率も変わるぞ……」

「ラッ、ライネルさん、私にも見せてください」

二人して、慌《あわ》てふためいた様子で《遠見鏡》を取り合っていた。

二人が櫓に昇《のぼ》って周囲を見回しているのを、アルマは下から眺《なが》めていた。

「ね、主様。それで、ここ、どこなの？　ボク、凄くお腹《なか》が減ったんだけど……」

メイリーが上目遣《うわめづか》いでアルマへと尋ねる。

「……俺にもわからん。錬金実験のミスで、意図しない空間転移が生じたようだ。ここの座標が一切特定できない。《天空要塞ヴァルハラ》が無事かも怪《あや》しい」

メイリーは目を丸くしてアルマを見た。

「う、嘘ぉ!? あ、主様……結構ドジなところがあるからいつか何かやらかすんじゃないかと思っていたけど、まさかそこまでだったなんて……」

「ともかく、ベヒーモスのステーキも、悪魔の魔石も、魔鉱物も、もうロクに手持ちがないんだ。メイリーの分もそうだが、俺の食糧《しょくりょう》もない」

「そんなぁ……無理だよう……。だってボク、主様からもらった高級品しか食べたことなかったもん！」

メイリーががっくりと膝《ひざ》を突く。

「ああ、そうか……」

アルマは頭を押さえ、溜め息を吐いた。

メイリーの母、オピーオーンには魔力を吸って力を得る特性があった。メイリーにもその力は引き継《つ》がれている。アルマはその特性を活《い》かすために、常に高級食材や魔石をメイリー与えていた。その甲斐《かい》あって懐《なつ》きはしたものの、我儘三昧《わがままざんまい》の偏食家《へんしょくか》になっていた。

「ねぇ、ねぇ、主様ぁ……お願い、今くれたら、しばらくはボク、我慢できるからぁ……」

メイリーはアルマのローブの裾《すそ》にしがみつく。櫓上のライネルとエリシアが、訝しむように二人の様子を見下ろしていた。

「こっ、こら止めろ、み、みっともない！」

メイリーは潤《うる》んだ瞳でじっとアルマを見上げる。アルマはしばらくメイリーを睨《にら》み返していたが、やがて観念したようにアイテムを取り出した。

「……仕方ない。魔物退治と木材運びの功績があるからな。これなら食っていいが、しばらくは普通の食事で我慢しろよ？」

アルマは《ミスリルのインゴット》を《魔法袋》から取り出し、メイリーに渡した。

「わ――――っ！　主様っ！　大好き！」

メイリーはぴょんぴょんと飛び跳ねて喜び、インゴットに噛《かじ》り付く。メイリーは通常の料理も食べられるが、それよりも魔力を帯びたアイテムが大好物なのだ。

こっちの人間に渡せば《ミスリルのインゴット》もしばらくの資金にはなっただろうにと、アルマは額を手で押さえる。メイリーの我儘癖《ぐせ》もそうだが、アルマはアルマで、マジクラでのメイリーへの甘《あま》さが抜けきってはいなかった。金属塊に喰《く》らいつくメイリーを、微笑《ほほえ》ましく見てしまう。

4

櫓から降りてきたライネルとエリシアに先導してもらい、彼らの村へと向かうことにした。

「村に着いたら、しばらく旅ができるだけの食糧を買わせてほしいんだが、可能か？　金銭はないが、村の役に立つアイテムは用意できるはずだ。物々交換《ぶつぶつこうかん》がしたい」

「……纏まった量の食糧か」

ライネルが頭を抱《かか》える。

「何か問題があるのか？」

「いや、その、生憎《あいにく》俺達もあまり余裕がない。村の掟《おきて》で、纏まった量の食糧を村の外に持ち出すことを禁じられている。領主様はおっかねぇ人で、バレたらどうなるか……」

「ライネルさん、アルマさん達は命の恩人ですよ」

「わ、わかってはいるが……」

何やらきな臭《くさ》い様子であった。獲物を探して、あまり知らないところまで遠出してしまい、道がわからなくなった、ともライネルは口にしていた。どうやら村は食糧危機にあるらしい。

「……今の村にとって、食糧が一番大事なんだ。俺達も定期的に、都市の特別交易所に布やら鉱石を納めて、僅《わず》かな食糧と換《か》えてもらっているのが現状だ」

ライネルは口惜《くちお》しげに言った。恐らく、相当足許《あしもと》を見られているのだろう。

「特別交易所っていうのは、なんなんだ？」

アルマの問いに、ライネルは意外そうに目を瞬かせる。

「えぇっと……外壁《がいへき》にある門に入るには、身分証明書か、通行税が必要だろ？　だが、俺達みたいな村の出だと、通行税を払う余裕もねぇ。だから、門の傍《わき》の特別交易所で食糧と換えてもらうんだ」

ライネルの説明に、アルマは合点《がてん》がいった。

マジクラのゲームでは通行税も、特別交易所もなかった。だが、なぜ今この世界にそれらのものができたのか、なんとなく想像がついた。

マジクラにも現実同様に月と呼ばれている星が存在しており、夜の間に空に浮かび、この世界の大地を仄《ほの》かに照らす。そして、マジクラにおける魔物は、月の光によって無限に生み出される、とされていた。終わることのない魔物達との戦いによって人類の生息圏《せいそくけん》は追い詰《つ》められており、プレイヤーが介入しなければ数日で村が滅ぶことなど珍《めずら》しくはない。見方によってはかなりハードな舞《ぶ》台《たい》世界だといえる。

マジクラの世界が現実のものとなった際に、世界に大きな変化が齎《もたら》されたのだ。要するに、このハードな世界で高い外壁に守られた都市に住めること、それ自体が大きな特権となった。

外の人間を受け入れていれば切りがないし、職も金銭もない人間が急増すれば治安は乱れる。故に高い通行税が設定され、加えて各地方の村人が中に入らずとも交易を行えるようにしたのだ。

(しかし、だとすれば、新しい疑問や懸《け》念《ねん》点が出てくるな……)

アルマが考え込んでいると、エリシアが声を掛けてきた。

「あの……アルマさんは、街から来た冒険者《ぼうけんしゃ》ではないのですか?」

冒険者はマジクラでもよく用いられていた言葉だった。広義では世界の未開地を旅する者のことだが、恐らくこの訊《き》き方はそちらではなく、狭《きょう》義《ぎ》の方の、都市の冒険者ギルドに登録している人間を示しているのだろうと察した。冒険者ギルドに登録した人間は都市を基点に活動し、魔物の討伐に関する様々な仕事を引き受け、金銭でその対価を得るのだ。

マジクラプレイヤー達も、金策の少ない初期は冒険者ギルドに登録することが多い。中盤《ちゅうばん》辺りからは自由にあちこちの未開地を巡《めぐ》って稀少《きしょう》鉱物を漁《あさ》るか、NPCの村や都市を襲撃《しゅうげき》して金銭を得るようになっていく。最終的にはプレイヤーが都市を築き、冒険者ギルドを運営する側の人間になるのだ。

もっともアルマのように、機動要塞を築いて一般人を住まわせない上位プレイヤーも一定数存在する。

「いや、俺は旅をして未開地を渡り歩く、広い意味での冒険者だな。あまり都市には寄らないので、その辺りの事情には疎《うと》い」

「なるほど……だから、この辺りのことをあまりご存じではない様子だったのですね。あの、アルマさんは、錬金術師なのですよね？」

「ああ、そうだが……それがどうした？」

「いえ、その……錬金術師は、建物を修復したり、畑の土を肥やしたりと、村を導く力があります。今、私達の村に、必要な力なのです。……アルマさんはとてもお強いようですし、櫓をあっという間に建てた手腕にも感服いたしました。厚かましいお願いで申し訳ないのですが、どうか、村に手を貸していただけませんか？　そうすれば、村内で食糧を集め、アルマさんにお渡しすることもできるはずです」

エリシアは遠慮がちにそう口にした。

「わかった、そういうことなら手伝わせてもらおう。どれだけ力になれるかは保証できないがな」

アルマが答えると、エリシアは表情を明るくした。

「ほっ、本当ですか！」

「ねぇ主様、そう簡単に了承《りょうしょう》しちゃっていいの？」

メイリーが不安げにそう言った。彼女《かのじょ》としては、小さな素朴《そぼく》な村にあまり関心がないのだろう。

天空要塞のお姫様《ひめさま》暮らしが忘れられないと見える。

「ここで別れても、食べ物を得る手段がないからな。それに、たまにはこういうのも悪くはないだろう」

アルマはマジクラのゲーム中では、ほとんど村や都市の補佐を行ったことがなかった。マジクラは自由度が高いため、様々なプレイングスタイルを取ることができるのが売りであった。アルマはひたすら鉱石を漁り、自身の装備と拠点の強化に時間を費やしていた。そっちの方が性《しよう》に合っていたからだ。

「お、おいエリシア、いいのか？　錬金術師としてアルマ殿を招くのだとしたら、大変な騒《さわ》ぎになりかねない……。領主様が何と言うか……」

「しかし、村はこのままでは、きっといつか滅びてしまいます！」

エリシアとライネルが、何かを言い争っていた。

「……どうにも、一筋縄《ひとすじなわ》ではいかなさそうだな」

アルマは彼らの様子を観察しながら、小さく呟いた。

魔物に人里が分断されたこの世界で、エリシア達は錬金術師のことをかなり具体的に知っているようだった。アルマの腕前《うでまえ》が、普通の錬金術師とは一線を画すことも気が付いている様子だった。それは、既によく見知った錬金術師がいるということに他ならない。アルマにはそこが引っ掛かっていた。

第二話 錬《れん》金《きん》術《じゅつ》師《し》ヴェイン

SAIKYOU RENKINJYUTSUSHI NO ISEKAI KAITAKUKI

1

アルマ達《たち》はエリシアとライネルに続き、数時間ほど掛《か》けて村へと到着《とうちゃく》した。簡素な造りの、薄《うす》い壁《かべ》の住居が立ち並んでいて、ところどころ壁が欠けており、雑に木の板で補強されている。村は低い柵《さく》に覆《おお》われている。ただ、柵は老朽《ろうきゅう》化《か》のためか、一部崩《くず》れており、畑の方には、枯《か》れた作物の様子が見えた。

「貧乏臭《びんぼうくさ》い村……」

メイリーが思わず呟《つぶや》く。アルマは素早《すばや》く、伸《の》ばした指でメイリーの頭を小突《こづ》いた。

柵のすぐ外側に、一定間隔《かんかく》で魔物《まもの》除《よ》けの魔術式が刻まれた石が設置されている。

魔術式の刻まれた石は、マジクラにおいて《タリスマン》と呼ばれるものだ。人里に魔物が近づくのを抑《おさ》えることができる。ただ高位の魔物や、それに指揮されている眷属《けんぞく》に対してはほとんど無力であることが多い。明確に村を襲撃《しゅうげき》する意図を持った魔物に対しても効果は薄い。だが、《タリスマン》の有無《うむ》は大違《おおちが》いである。マジクラでは、NPCの村が《タリスマン》無しに一日持ち堪《こた》える例などほとんどない。

余談ではあるが、マジクラ初心者はまず、真っ先にNPCの村の《タリスマン》を盗《ぬす》み出すことが多い。一部のネット攻略《こうりやく》ページでも推奨《すいしよう》されていたくらいである。

村の中で寝泊《ねと》まりするには金銭を要求されるし、勝手に建造物を建てれば当然トラブルに発展する。故《ゆえ》に初心者プレイヤー達は平原に拠点《きよてん》を造るしかないのだが、《タリスマン》がなければ拠点に魔物が寄ってきて、あっという間に壊《こわ》されてしまうのだ。《タリスマン》を錬金する素材や設備を初心者プレイヤーが一から集めることは難しいため、必然的に夜の間に村から盗み出すことが最適解となる。

……なお、プレイヤーによる《タリスマン》泥棒《どろぼう》に遭《あ》った村は、大抵《たいてい》修復が追い付かずに滅《ほろ》ぶことになる。マジクラ世界において、プレイヤー達によるNPCの扱《あつか》いは悪い。往々にして、共存よりも略奪《りやくだつ》の方が効率がいいためだ。マジクラの世界は時として、プレイヤー達に世の無常さを教えてくれる。

「ここが私達の村です」

「なるほど」

エリシアの言葉を聞き、アルマは顎《あご》に手を当てて考える。

《タリスマン》にも質というものがある。酷《ひど》いものであれば、ただ通常の石にそれっぽい記号が刻まれただけの、お呪《まじな》い程度のものもある。この村の《タリスマン》は多少はマシなようであった。

安価ながらに《タリスマン》に向いた《ラピスストーン》を用いており、魔術式もだいたい正確であった。

「ちょっと失礼」

アルマは《タリスマン》に手を触《ふ》れる。そして確信を持った。間違いなく《タリスマン》は、錬金術師によって造られたものであった。

エリシアが錬金術師について詳《くわ》しかったことからも察していたが、どうやらこの村には既《すで》に錬金術師がいる様子であった。

「あ、あの、アルマさん、大事なものなので、あまり触れないでもらえると……」

エリシアは村の方へ目を走らせながら、そう口にした。何か、村の方に心配事があるようであった。

「何をしているのであるか！　吾輩《わがはい》の《タリスマン》に、汚《きたな》い手で触《さわ》るでなーい！」

村から怒声《どせい》が響《ひび》く。アルマが顔を上げれば、ローブに身を包む、豚《ぶた》のように肥えた男が向かってくるところであった。硬《かた》そうなごつごつとした黒髪と、口髭《くちひげ》が特徴《とくちょう》的だ。首飾《くびかざ》りやら指輪を身に着けており、この簡素な村には似つかわしくない格好をしている。どうやらこの男が、村の錬金術師のようであった。

「おい貴様、そのチンチクリンの二人組はなんであるか？　見たことのない顔であるが？」

男はライネルへと責めるように言う。

「ここ、これは、ヴェイン様……あの、この方達は、旅の御方《おかた》でして……」

「連れてきてどうしようというのだ！」

　ヴェインと呼ばれた男は大声で吼《ほ》える。

「やはり、既に錬金術師がいたか」

　アルマがそう口にすると、エリシアはバツが悪そうに唇《くちびる》を噛《か》んだ。

「……黙《だま》っていて、すいません。実は今……若領主と、彼《かれ》に取り入った錬金術師のヴェインが結託《けったく》し、この村を支配しているのです」

　エリシアが小声で話す。

　村がヴェインという厄介《やっかい》事を抱《かか》えているという事実を、エリシアはこれまでの道中で切り出せずにいた。エリシアにとって流れ者の腕《うで》の立つ錬金術師との出会いは、村を牛耳《ぎゅうじ》るヴェインに対抗《たいこう》する、千載一遇《せんざいいちぐう》の好機であった。だが、ヴェインの存在を知れば、首を突っ込《こ》みたくないと逃《に》げられるかもしれないと、恐《おそ》れていたのだ。

「別に構わんが……そういう話は、先に聞いておきたかった」

　アルマは額を手で押《お》さえ、溜《た》め息を漏《も》らした。

　他《ほか》に手段はないので引き受けるしかないが、これはかなり厄介な状況《じょうきょう》であった。ただでさえ村最大の権力者である領主が、村を導く力を持つ錬金術師と結託して私欲を貪《むさぼ》っているのだ。

　村人がどれだけ反意を抱《いだ》こうが、抵抗《ていこう》勢力が育ちようのない状況だ。外部の人間がこれを崩すにはあまりに厳しい。

「おい、そこの貴様ら！　今すぐ吾輩の村から去るのだ！　この村は今、重大な食糧難《しょくりょうなん》なのである！　流れ者に食わせるものなどない！」

やれ、どう答えたものかとアルマが思案していると、メイリーが一歩前に出た。

「あのう――……その重大な食糧難に、その大きな腹はどういうことなの？」

メイリーはヴェインの腹を指差した。

エリシアとライネルが真っ青になった。それとは対照的に、ヴェインの顔がどんどん真っ赤になっていく。

「ななな、なななんであると⁉　この生意気なクソガキめ！　速攻立ち去らねば、このヴェイン、容赦《ようしゃ》せんぞ！」

激昂《げっこう》したヴェインが喚《わめ》き散らす。今にもメイリーに掴《つか》みかからんばかりの勢いであった。

「メイリー、その辺にしておけ」

アルマはメイリーの頭を押さえ、前に出る。

「俺《おれ》は錬金術師だ。エリシア達に、村の危機に手を貸してほしいと頼《たの》まれた。無駄飯食《むだめしぐ》らいにはならないと誓《ちか》おう」

「はっ、こんな若造が錬金術師だとぅ？　どうせ紛《まが》い物に決まっているのである。食う物に困って、大口を叩《たた》いているに過ぎないのだ」

「腕には自信がある」

「お引き取り願おう。元よりこの村には、この吾輩がいるのだ。新しい錬金術師など不要である」

アルマは自身の額を手で押さえ、小さく息を吐《は》いた。

ヴェインは取り付く島もない。錬金術師が増えれば村で好き勝手することができなくなると、そう考えているのだろう。

言い争いを聞きつけ、段々と村人達が集まってきていた。不安げな表情を浮《う》かべ、事の顛末《てんまつ》を見守っている。

「これは何の騒《さわ》ぎかな？」

そこに声が響いた。アルマが目を向ければ、身なりのいい美青年が立っていた。

上質な絹の衣服を纏《まと》っている。群青《ぐんじょう》の髪《かみ》も小綺麗《こぎれい》に纏められており、明らかに村人達とは立場が違うことが察せた。

歳《とし》は十八前後に窺《うかが》える。青年の左右には、鉄製の軽鎧《けいがい》を纏う兵が立っていた。

「おお、ハロルド様……！　実は愚《おろ》かな民《たみ》が、錬金術師を自称《じしょう》する、胡散《うさん》臭い男を村に引き入れようとしているのである！」

アルマはヴェインの物言いに、どっちが胡散臭いんだか、と溜め息を吐《つ》いた。どうやらヴェインの様子からすると、ハロルドはこの村の領主のようであった。エリシアや村人達も、ハロルドの登場に委縮しているようだった。

ハロルドは顎に手を当ててから、ニンマリと笑う。

「いいんじゃないかな、ヴェイン殿《どの》。今この村は、藁《わら》にも縋《すが》りたい状態なのが現状だよ。民の言葉に耳を傾《かたむ》けるのも、領主の仕事だからね」

ハロルドはアルマ達をあっさりと受け入れた。

「え……？」

エリシアはぽかんと口を開け、ハロルドを見ていた。

アルマにとっても、ハロルドの判断は意外であった。ハロルドがヴェインと結託して村を牛耳っているのであれば、外部から新たに錬金術師を引き入れることを許容する理由がないはずだ。

「よ、よいのですかな、ハロルド様……？　その、ほら！」

ヴェインは必死にハロルドへと目配せをする。ハロルドは胡散臭い笑《え》みを振《ふ》りまきながら、護衛と共にヴェインの傍《そば》へと歩いてきた。

「構わないよ、ヴェイン殿。心を折る前には、まず希望を与《あた》えてやることだ。最近、僕《ぼく》達に不満を抱《いだ》いている民も増えてきた。教えてやればいい、ヴェイン殿に縋るしかないのだ、とね。村人が勝手に連れてきた錬金術師、というのもありがたい。自分達で何かしたところで無駄なのだと、そうわからせてやれる」

アルマは近くにいたため、断片《だんぺん》的にハロルドの言葉が聞こえてきた。

「な、なるほど……しかし、吾輩があんな若造に劣《おと》るとは思いませんが、もしも、万が一にも……」

「大丈夫《だいじょうぶ》だよ。畑を整えるのには時間が掛かるし、《タリスマン》の善《よ》し悪《あ》しなんて錬金術師でもない者にはわからない。仮に彼が優《すぐ》れた錬金術師であったとしても、短期間でわかりやすい結果なんて、どう足掻《あが》いても出しようがないだろう。難癖《なんくせ》をつけて、折を見て追い出すさ」

「おお、さすがハロルド様である！」

アルマがハロルドの背を睨《にら》んでいると、ハロルドはアルマへと、すぐそれとわかる作り笑いを向

けた。

「歓迎《かんげい》しよう、新しい錬金術師の方。僕はハロルド、この村の領主をさせてもらっている」

「……ああ、よろしく頼む。俺はアルマ、こっちはメイリーだ」

アルマは顔が引き攣《つ》るのを抑えながら、メイリーの肩《かた》を叩いた。

「ただ、僕達にはあまり余裕《よゆう》がない。わかるかな？　仮に君達が……そう、ヴェイン殿に遠く及《およ》ばない腕前の錬金術師であれば、すぐに出ていってもらうことになる。時折ヴェイン殿と君達を露骨《ろこつ》に比べるような真似《まね》をさせてもらうかもしれないが、気を悪くしないでもらいたい」

ハロルドは大袈裟《おおげさ》な身振りをつけ、そう口にした。ハロルドの背後で、ヴェインが笑みを押し殺していた。

「……村のことなんて、ちょっとも考えてないクセに」

メイリーが頬《ほお》を膨《ふく》らませてハロルドを睨む。

「露骨に比べるような真似……ね、なるほど」

アルマはハロルドの言葉を繰《く》り返し、薄く笑った。

2

村に入ったアルマ達は、エリシアの案内で空き家に訪《おとず》れていた。薄く木の板が継《つ》ぎ接《は》ぎされただけのボロ小屋であった。古い建物で、十年は使われていないであろう様子であった。メイリーは嫌《いや》そうな顔で床《ゆか》を指でなぞり、アルマを振り返った。

「主様《あるじさま》ぁ……ボク、こんなところで眠《ねむ》れない……」

アルマは二本の指で、メイリーの額を小突く。

「すいません、アルマさん。ヴェインが、まだ信用ならない男を民家に泊めるわけにはいかない、と……」

「あの二流錬金術師は、またねちっこい嫌がらせを仕掛けてきたものだ」

アルマはヴェインの肥えた顔を思い返し、鼻で笑った。

「領主のことも、黙っていて申し訳ないです。けれど、アルマさんに頼《たよ》るしかなかったのです。村は、いつ餓死者《がししや》が出るかもわからない状態で……アルマさんに見限られるわけにはいかなくて……」

エリシアが苦悶《くもん》の表情で語る。アルマはその顔をじっと眺《なが》めていた。

マジクラはNPCに厳しい世界だ。プレイヤーが守らなければ、魔物や災害、他のプレイヤーや強大なNPCの悪意に晒《さら》され、あっという間に村の一つくらい滅んでしまう。いちいち守ってはいられない、そういう世界なのだ。

だが、この世界はゲームの仕様を引き継いではいるものの、ゲームではない。一人一人の村人が、迫《せま》りくる災厄《さいやく》や大きな争いに巻き込まれながら、必死に生きているのだ。

「見捨てられないよなぁ……」

アルマは溜め息を零《こぼ》す。

「アルマさん、今、何か……？」

「いや、独り言さ。心配するな、エリシアさん。こっちも飯に困っていて、他に選択肢《せんたくし》がない。渡《わた》りに船だったのさ。あの領主さんに追い出される前に、結果を出さないとな」

「……しかし、私も村を救いたくて、色々と調べていました。錬金術を用いての村の復興は、それなりに長い目で見なければならないのではないですか？」

エリシアが不安げに言う。

「そうだな。材料を集めて建造物を補強するのは、好意的に村人の協力を得られることを前提にしても、一か月は掛かる。畑を管理して村を賄《まかな》える程《ほど》に纏まった食糧を得るのだって、上手《うま》くいっても二か月といったところか。水源や高価な鉱石が都合よく集められるわけもないし、その辺りの下準備にも時間が掛かる。領主と二流錬金術師のタッグの妨害《ぼうがい》を考えれば、短く見積もっても、充分《じゆうぶん》な結果を出せるのに四か月ってところか」

「四か月……」

エリシアがアルマの言った期間を反芻《はんすう》する。浮かない表情だった。無理もない。領主の様子だと、半月も経《た》てば、その間にアルマはこの村を追い出されていることだろう。

「並の錬金術師なら、な。俺なら三日もあれば充分だ」

アルマは伸ばした人差し指を、得意げに左右に振った。

「アルマさん……？」

アルマはマジクラ最強のプレイヤーである。プレイヤー間の実力差が激しいマジクラの中でも、数多《あまた》のライバルを沈《しず》め、世界の半分の資金と資材を蓄《たくわ》えた《錬金王アルマ》である。本人の自覚は薄いが、ゲーム内のレベルインフレを加速させ、最もマジクラのサービス期間を縮めたプレイヤーでもある。

「《フレッシュ》」

アルマが腕を掲《かか》げる。魔法陣《まほうじん》が展開され、部屋全体に光が走っていく。

光を浴びた箇所《かしょ》の床や壁の欠けた部分や黒ずんだ部分が修復されていく。あっという間に朽《く》ちたボロ小屋が、綺麗な新築になった。

「やったー！　綺麗になったー！　さすが主様っ！」

メイリーが無邪気《むじゃき》に燥《はしや》ぎながら床を転がる。

「う、嘘《うそ》、これは……一体……？」

戸惑《とまど》うエリシアに、アルマがニヤリと笑う。

「物の耐久値《たいきゆうち》を回復させるスキルだ」

「そ、それは知っていますが……修復のための、素材が必要なはずです。その埋《う》め合わせは、どちらから……？」

マジクラの世界では基本的に等価交換《こうかん》が保たれている。何かをするためには相応の物資やエネルギーが必要となる。スキル発動者の魔力でもそれは補えるが、マジクラの世界では人間の魔力など形ある物質に比べれば微々《びび》たるものなのだ。

「俺には、これがあるんでな」

アルマがローブを捲《めく》ると、腕に黄金の輪が嵌《は》められていた。《メビウスの黄金環《わ》》という、アルマが自身で錬金した装備アイテムであった。

錬金スキルを行使して物質の変換を行う際に、その変換効率を引き上げることができるのだ。加えてこの《メビウスの黄金環》は資材を惜《お》しまず投じて造ったもので、《変換効率増［Lv10］》の追加効果が最大数の八つ付与《ふよ》されている。

他の数十万といたマジクラプレイヤーが成し遂《と》げられなかった、錬金変換効率1超《ご》えの装備アイテムである。それはマジクラ運営が遵守《じゅんしゅ》していた、熱力学第一法則、エネルギー保存の法則の破壊《はかい》であった。アルマの魔力が必要な以上、使用回数は限られるが、それは錬金スキルを行使すればするほど、条件次第《しだい》ではアイテムが増えることを意味する。

木や石程度の安価な素材なら、《フレッシュ》の修復による素材コスト程度であれば、完全に踏《ふ》み倒《たお》すことができるのだ。

「是非《ぜひ》あの領主さんに、ヴェインと俺を『露骨に比べるような真似』をしてもらおうか」

アルマはそう言って不敵に笑った。

3

アルマは村のボロ小屋を自身の拠点へと改造した。まず、エリシアとライネルに頼んで村人の大釜《おおがま》やら農具を集めてもらい、《アルケミー》でそれらの鉄を用いて《鉄の錬金炉《ろ》》を造り上げた。何をするにも、錬金術師には錬金炉が必要なのだ。

続けて錬金炉を用いて、《岩肌《いわはだ》の収納箱》を造っていく。立法体の岩塊《がんかい》に、大きな扉《とびら》が設置されている。

収納箱はマジクラでも基本アイテムであった。錬金術師の収納箱は、見かけの倍以上の物を入れることができる。アルマが《天空要塞《ようさい》ヴァルハラ》に並べていた《アダマントの収納箱》は、見かけの百倍の物が入るのに加えて、様々な付属効果を持っていた。

「不格好だし物足りないが、ひとまずは錬金工房《こうぼう》が出来たな。やはり自分の工房が一番落ち着く」

アルマはそう口にして、頷《うなず》いた。

「ねっ、主様ぁー、ボク、ふわふわのベッドが欲《ほ》しい！」

メイリーがアルマのローブの裾《すそ》を引く。

「しばらくは我慢《がまん》しろ、メイリー。自分の身の回りばかり整えているわけにもいかないからな。それにそろそろ、頼んでいたものが来るはずだ」

「むー……」

メイリーがごろりと、木の床の上に寝転がる。

丁度そこへノックの音がする。

「来たか、入ってくれ」

アルマが声を返すと、大きな籠《かご》を抱えたエリシアが入ってきた。

「アルマさんっ、言われた通りに、村中の野菜や穀物をかき集めてきました」

「ご苦労、エリシアさん」

エリシアが床に野菜の詰《つ》まった籠を置き、それから周囲を見回す。

「そちらに並んでいる、岩の箱は……?」

エリシアは一列に並ぶ、《岩肌の収納箱》に気を取られたようだった。

「この村で集められた素材を仕分けしている。危険だからあまり触らない方がいい」

「わ、わかりました」

エリシアが頷いた。

木や石、岩、土の成分を分けたものを仕舞《しま》っている。低ランクの素材だが、ないよりはマシだ。錬金術師は素材がなければ何もできない。

アルマが危険と言ったのは、収納箱の扱いにはちょっとしたコツがあるためだ。見かけ以上に物が入る収納箱の性質上、扱いを誤れば大怪我《おおけが》に繋《つな》がりかねない。マジクラでは、慣れてきた頃《ころ》の下級錬金術師が、収納箱から溢《あふ》れ出たアイテムに押し潰《つぶ》される事故を引き起こしやすい。アルマも一度それをやらかし、不運にもそのまま圧死したことがあった。

アルマはエリシアの持ってきた籠の中を漁《あさ》る。

「使えそうなものは…………ふむ」

アルマは籠の中から、黒ずんだ芋《いも》を拾い上げる。外観は地球のじゃが芋に近いが、黒く、形が歪《いびつ》である。

「アルマさん、それはヴェインが飢餓《きが》対策にと持ち込んだものなのですが、毒芋と呼ばれていまして……その、使わない方がよろしいかと思います」

エリシアがアルマへとそう口にする。

「《ブック》」

アルマは芋を手にしながら、スキルを発動する。《ブック》は手にしたアイテムの、大まかな詳細《しょうさい》を知ることができるスキルである。有効なアイテムのランクの上限や分野は、本人のレベルや、マジクラのゲーム中で得られる称号に依拠《いきょ》する。

無論、レベルも称号の数も、アルマが全プレイヤーの中でトップであった。アルマが調べられないアイテムは、他のプレイヤーもまず調べられない。

《ポック芋》［ランク：0］

生長性と生命力が高く、どんな地でもよく育つ。だが栄養価は最低クラスであり、『食べられる土』と形容されることもある。味も酷く苦く、煮《に》ても焼いてもまともに食べられたものではない。

また、弱い毒を持ち、腹痛を招く。場合によっては手足が痺《しび》れ、衰弱《すいじゃく》した人間や幼い子供にとっては、最悪命を落とすこともある。飢餓の危機にある村では、ポック食中毒が多発する。

「……やはり《ポック芋》か。食糧不足の村で、とんでもないことをするな」

確かに《ポック芋》を使えば、その場の空腹は紛《まぎ》らわせられる。だが、衰弱した状態で《ポック芋》ばかり食わされていれば、間違いなく中毒症状《しょうじょうじょう》を引き起こす。

「すいません、紛れ込んでいたのに気づきませんでした。そちらは捨てておきます」

「いや、丁度いい。《ポック芋》が手に入ってよかった」

アルマはそう言うなり、《魔法袋《ぶくろ》》から一冊の魔導書を取り出した。

「アルマさん、それは……？」

《幻植夢樹の書《ヴォイニッチ》》という魔導書だ」

アルマが開いたページには、複数の魔法陣が記載《きさい》されている。

「この魔導書は、手軽に品種改良を行ってくれる。手に入れるのにはかなり苦労したが、ぶっ壊れアイテムだ。これさえあれば、小さい村が飢《う》えるようなことはまずない」

「ひ、品種改良……？」

アルマは開いたページに記されていた魔法陣の一つに《ポック芋》を載《の》せた。他の野菜を手のひらの上で転がして観察し、その中にあった赤い根野菜を別の魔法陣の上に載せる。

「この《メル人参《にんじん》》は、《ポック芋》の特性を強化しつつ、毒性を中和してくれる。そして仕上げに……」

アルマは《魔法袋》から金の粉を包んだ紙と、真っ赤な液体の入った瓶《びん》を取り出した。金の粉を瓶に流し込んで左右に振ると、中の液体を、魔導書に記載されているまた別の魔法陣へと零した。

「高価な本なのでは……？」

「濡《ぬ》れたくらいじゃ、《幻植夢樹の書《ヴォイニッチ》》は何ともないさ」

アルマはそう答え、空になった瓶を少し口惜《くちお》しげに眺める。瓶の中に入っていた回復薬は、アルマが惜しいと思うくらいに高品質なものだったのだ。素材を全《すべ》て失った今、再度作り直すのは少々困難であった。

「それ、《アルケミー》！」

アルマは魔導書に手を添《そ》え、スキルを発動する。魔導書が輝《かがや》きだし、ページに載せられていた素材が消え、代わりに黄金の輝きを帯びた、形のいい芋が生まれていた。

アルマは念のため《ブック》で確認《かくにん》を行う。

《黄金芋》［ランク：5］

錬金術によって生まれた黄金の輝きを放つ芋。生長性が驚《おどろ》くほどに高い夢の作物。

ただし、少々繊細《せんさい》で育てるときには注意が必要。驚くほどに美味で、焼いただけでも《黄金芋》の豊かな旨味《うまみ》を味わうことができる。

「よし、上手くいったな」

アルマは《黄金芋》を手にして、軽く頷いた。

「アルマさん、そ、その芋は……？　い、今、作ったのですか？」

エリシアが目を丸くして尋《たず》ねる。

「ああ、栄養価豊富で生長性に特化した《黄金芋》だ。種芋を植えて、七日も経てば収穫《しゅうかく》できるようになる」

「た、たったの七日で⁉」

アルマは頷く。

「だが、結果を急ぐからな。ヴェインに余計なことをさせる時間を与えたくはない。今すぐに黄金芋畑を作って、今日の日が暮れるまでに収穫を終えたい」

「ひ、日が暮れるまでに……？」

アルマの言葉に、エリシアはぽかんと大口を開けたまま固まっていた。アルマはニヤリと不敵に笑い、《黄金芋》を片手に外へと向かった。

4

「よっと……」

アルマは《アダマントの鍬《くわ》》で、小屋前の土を掘《ほ》り返して耕していた。深紅《しんく》の輝きを放つ鉱石が土を穿《うが》つ。

「そ、その仰々《ぎょうぎょう》しい鍬に、意味はあるのですか？」

エリシアの疑問に、近くの切り株に座《すわ》るメイリーがケラケラと笑う。

「ないよ。ただのアルマの趣味《しゅみ》だもん。屋敷《やしき》のもの、ぜーんぶ真っ赤なキラキラで統一してるの」

「……人聞きの悪いことを言うな。この鍬には、《農作物成長補正［Lv10］》が三つ、《耐久力強化［Lv10］》が二つ付いてるんだ。世界最強の鍬だぞ」

アルマは鍬の先端《せんたん》を地面に突き刺《さ》し、メイリーを睨んでそう口にした。

離《はな》れたところから村人達がアルマ達の様子を窺っていた。

「あの方が、噂《うわさ》の錬金術師……」

「なんであんな煌《きら》びやかな鍬を……？」

村人達も《アダマントの鍬》が気になって仕方ない様子だった。アルマは遠くの村人達を見て苦《く》笑《しょう》し、再び《アダマントの鍬》を手で握《にぎ》った。

「本当に、今から日が沈むまでに収穫までできるんですか？」

エリシアはとてもできるとは思えない、とでも言いたげな様子であった。だが、アルマは言葉を曲げない。

「ああ、あの性《しょう》悪《わる》領主さんは、どうにもすぐに出てくる結果が欲しいそうだからな」

アルマはそう言い、壁にランプを設置する。

「灯《あか》り、ですか？」

「ただの灯りじゃない。俺の手持ちのアイテムと、ここの土から抽《ちゅう》出《しゅつ》した物質を用いて造り上げた、《太陽石》を用いている。通常の日光より、何倍も効率的に育てられるのさ」

無論、肥料もアルマが《アルケミー》で造り上げたものであった。家畜《かちく》の骨や肉と、ここの土を材料にさせてもらっている。

ただの土でも、成分を細かく分けて、植物の生長に役立つ成分を抽出して配合すれば、当然それは肥えた肥料になる。錬金術師にとって、その程度のことは造作もないことであった。

アルマは四つに切り分けておいた《黄金芋》を手で抱え、《太陽石のランプ》に晒した。黄金の輝きに緑色が混ざり、光に向かって芽が伸びていく。これで種芋の準備が終わった。アルマは《黄金芋》を、地面に埋めていく。

「さて、仕上げといいこうか。《ラピッドファーム》！」

アルマがスキルを行使する。輝く魔法陣が畑の中央に展開され、あっという間に芽が出て、茎《くき》が伸びていく。いくつもの葉が付き始める。

マジクラは様々な作業を熟《こな》し、ちょっとずつアイテムを集め、拠点を発展させていくゲームである。だが、熟練のプレイヤー達は、徹底《てってい》した高速化と自動化を行うために全力を出す。

「こ、こんな、植えてから一瞬《いっしゅん》で⁉」

エリシアは目を丸くして声を上げた。

「手間を考えると、普通《ふつう》に待った方が楽なんだけどな。今回は、急いで量を作る必要があったから」

アルマは育っていく《黄金芋》を眺めながら、そう言った。

「信じられない……夢でも見ているかのようです、こんな……」

「失《な》くした資材があれば、耕作から栽培《さいばい》、収穫を完全に自動化できたんだけどな」

アルマはそんなことをあっさりと言ってのける。マジクラではアルマは田畑の開拓《かいたく》をゴーレムの群れに任せてそのまま忘れて三か月放置し、うっかり国家規模の大農場が爆誕《ばくたん》したことがあったくらいである。

植えてから三分と経たぬ間に《黄金芋》が育ち切った。メイリーが《黄金芋》の茎を掴み、掘り返してくれた。

「見て見て主様！　この芋、すっごい肥えてるよ！」

「よし、これ全部、また種芋にして植え直すか。五周くらいは繰り返したい。任せていいか、メイリー」

アルマは《アダマントの鍬》をメイリーへと手渡そうとした。

「ええ……面倒《めんどう》くさい……」

「働いたら、後でその分食わせてやるぞ」

「ボクに任せてっ！　主様っ！」

メイリーがぴしっと額に手を当て、勢いよく《アダマントの鍬》を手に取った。

アルマの宣言通り、夕暮れの頃には、小屋の周囲は《黄金芋》畑が広がっていた。畑の規模が広まるにつれて、アルマの様子を遠巻きに見守る村人の数が増えていった。彼らは明らかに異様なアルマの畑を前に、驚愕《きょうがく》していた。

「な、なんだあれ、目に見える速度で育っていくぞ！」

「有り得ない、こんなこと……！　たった一日足らずで造り上げたというのか⁉」

アルマは騒《ざわ》めく村人達へと歩み寄っていき、悪い笑みを浮かべた。

「錬金術師なら、これくらいは容易《たやす》いことだ」

「だ、だが、ヴェイン様は、我々をこき使って、毒芋畑を管理させるのが限界だったのに……」

村人の一人が答える。

「おいおい、そいつは本当に錬金術師なのか？　そんなの、その辺のおっさんでもできるだろうに」

「そ、そうかもしれませんが、しかし、スキルでの補佐《ほさ》は行っていただいていました」

「ほう？　その芋は何か月で収穫できたんだ？」

「ひ、ひと月半は……」

「ふうん？　俺なら三分で終わるけどな」

「さ、三分……！」

村人達が茫然《ぼうぜん》と《黄金芋》畑を眺める。

「ま、まさか、ヴェイン様は、ただのペテン師なのか……？　村を救ってくれるというから、苦しい生活にも堪《た》え、あの暴虐《ぼうぎゃく》な振る舞《ま》いも許してきたというのに」

「いや、そんなことは……」

「だ、だが、旅の御方は、三分もあれば可能だと言っておられるぞ？」

アルマはニヤリと笑みを浮かべた。

元々、露骨に比べさせてもらうが気を悪くするなと口にしていたのは、ヴェインと共謀《きょうぼう》して村を牛耳る、領主ハロルドの方である。

「種芋を残したいから数に余裕はないが、皆《みな》さんにいくつか配らせてもらおう。どっかの馬鹿《ばか》が広めた《ポック芋》のせいで中毒症状が広まっていると聞いたが、《ポック芋》の中毒は、腹いっぱい食って寝ればすぐに完治するものだ。だが、放置していれば状態が悪化することもある。この《黄金芋》は栄養価が高いので、こいつを食えばすぐに治るはずだ。重病者は小屋に連れてきてくれ、俺が治療《ちりょう》する」

アルマの言葉に、村人達が歓声《かんせい》を上げた。

「本当ですか！」

「こっ、この方はまるで、神様だ！」

ここで錬金術師としてやっていくのであれば、いずれヴェインと対決することになるのは明らかだった。だが、それは恐らく、正面からの戦いにはならない。ヴェインに対抗するためにも、村人達からヴェインを切り離し、かつ自身がその隙間《すきま》に入り込む必要があったのだ。

アルマの背後で、メイリーが頬を膨らませる。

「主様ぁ、大盤《おおばん》振る舞いだけど、ボクの分、ちゃんと残るの……？」

「……足りなくなったら、手持ちの鉱石をばらして食わせてやる。約束だからな」

「やったぁっ！　ボク、これがいいっ！」

メイリーが目を輝かせて、《アダマントの鍬》を構える。

「アッ、アダマントは止めろ！　非常事態には武器にもなるんだからな！」

アルマはメイリーを押さえていたが、ふと遠くに見覚えのある、でっぷりと肥えた顔が見えた。豪奢《ごうしゃ》なローブに身を包むのは、錬金術師ヴェインである。

ヴェインの左右には、地味なローブを纏った二人組の男がいた。ヴェインの部下のようであった。錬金術師が自身に補佐を付けるのは、そう珍《めずら》しいことではない。

「なんだ、あの奇術は……？」

ヴェインは呆然《ぼうぜん》と目を丸くし、口をぽかんと開けてアルマ達を眺めていた。メイリーがひらひらと手を振れば、ヴェインは顔面に青筋を立てながら身体《からだ》を翻《ひるがえ》し、去っていった。

「すっごい怒《おこ》ってそうだった」

メイリーが他人事のようにそう言った。

5

アルマが村を訪れた後、ヴェインは若領主ハロルドの館《やかた》にて、彼と密談を交《か》わしていた。

「ハロルド様よ、村の子供を都市へ奴隷《どれい》として売る計画をそろそろ進めたいのですが、どうでございましょうかな？」

ヴェインは頬の贅肉《ぜいにく》を緩《ゆる》ませて笑う。

「もう少しで餓死者も出ましょうぞ。《ポック芋》で食い繋がせている現状、人売りの話を出せば食いつく家も出てくるでしょうなぁ」

ヴェインの狙《ねら》いは貧しい村の領主と結託して村を牛耳り、奴隷村にすることであった。そうなれば莫大《ばくだい》な利益を得ることができる。

この世界において、高い壁に覆われた安全な都市部に住めることは特権と化している。子供は奴隷になる代わりに安全が保障されるのだと説いてやれば、生活苦に見舞われている親は自分を納得《なっとく》させ、率先《そっせん》して子供を売るようになる。

「ヴェイン殿は少々話を焦《あせ》りすぎる。ヴェイン殿、他者を支配するために必要なことは、生かさず、殺さずだよ。現状、我々に不満を抱いている人間が増えすぎた。そのことは別に構いやしないが、今ここで奴隷の話を切り出せば、我々への怒《いか》りが勝《まさ》ってしまうだろう」

「ハロルド様、少々慎重《しんちょう》になりすぎでは？」

「フフフ、僕の家はね、嫌《きら》われながらも三代この村の領主をやっているんだ。わかるんだよ、物事のタイミングというものがね。大衆は馬鹿だが、損と得には敏感《びんかん》だ。飴《あめ》と鞭《むち》を見誤れば要《い》らぬ反感を買う」

「なるほど、さすがハロルド様！　田舎《いなか》の愚鈍《ぐどん》な領主を誑《たぶら》かしてやろうと思っておりましたが、いやはや、聡明《そうめい》な貴殿《きでん》と組めてよかったのである」

「ヴェイン殿、他人をコントロールするコツは、腹の内を見せないことだ。村人には、優《やさ》しく微笑《ほほえ》みながら搾取《さくしゅ》してやればいいのさ。本性を見せるのは、殺しきるときだけでいい」

ハロルドが冷たい笑みを浮かべる。

「もっともね、僕もさっさと富を築いて都市に移りたい。親から継いだ生まれ育った地だけれど、生憎《あいにく》と愛着はないからさ。そろそろ仕掛けようかと思っていたんだけど、アレが来ただろう？」

「……流れ者の錬金術師、でございますな。確か、アルマとかいう名の」

ヴェインが苦々しい顔で口にする。それに対し、ハロルドが口端《こうたん》を吊《つ》り上げた。

「僕はこれを、むしろ好機と見ているんだ。村人達の一部はアルマに期待を寄せている。アルマに大きなヘマをさせて彼らの希望をへし折り、頼れるのはやっぱりヴェイン殿だけだったのだ……と、そう刷り込むのさ。アルマがやってきたことで、僕達に反意を抱いている連中は、ここぞとばかりにアルマに従うはずだ。だが、アルマがヘマをして去れば、連中は纏めて村での発言力を失うことになる。後の村人の奴隷化に反対するであろう勢力を、先に叩けるというわけだ」

「お、おお……！　ハロルド様、いやはや、貴殿も悪い御方である」

「最初から何も心配することはないんだよ、ヴェイン殿。ヴェイン殿はこの村で信用があるし、ここで育てた錬金術師見習いの弟子《でし》だっている。何より僕と、僕の部下がついているんだから、多少できる錬金術師だったとしても、潰すなんて容易いことだ。急いで仕掛ける必要はない。じっくりと村人達にヴェイン殿とアルマの対立の構図を植え付けて、派閥《はばつ》ができるのを待って……それから、纏めて潰してやればいい」

ヴェインは自身の手駒《てごま》にできる人間を用意するために、錬金術師の弟子や部下を十人ほど用意していた。村人の中にも、ヴェインを信じてついてきている者も多い。ヴェインがいなければ、魔物災害や食糧難で村が今よりも酷い惨状《さんじょう》になっていたということもまた事実なのだ。

「ハッハッハッ！　いや、さすがハロルド様である！　そこまでお考えであったとは！　こんな田舎領主に留《とど》めておくには、惜しい御方である！」

「そうだろう？　僕もそう思うから、とっととこの村を金に換《か》えて出ていくのさ」

ヴェインとハロルドは、顔を見合わせて大笑いした。

ハロルドとの密談の後、ヴェインはハロルドの屋敷を出て外を歩いていて、奇妙《きみよう》なものを見つけた。流れの錬金術師アルマにやったボロ小屋があった周囲に、明らかに午前の頃にはなかった謎《なぞ》の畑が出来ていたのだ。

　この村は地質も水質も悪く、元々農作には不向きだったはずなのだ。だというのに、大量の芋が育っている。

「ん、んん、んんんんんん⁉」

　ヴェインはこんなものがあるはずがないと、思わず畑を三度見していた。こんな畑があれば、食糧難を煽《あお》って奴隷売買の話を切り出すことができなくなってしまう。というより、ある日突然《とつぜん》、畑がぽんと現れるわけがないのだ。

「なんだ、あの奇術は……?」

　ヴェインが呆然と見ていると、アルマの連れていた竜《りゅう》の角や尾《お》を持つ亜人《あじん》の少女が、ヴェインへと大きく手を振ってきた。ヴェインは顔面に青筋を立てながら身体を翻し、その場を去ることにした。

　ヴェインは額を手で押さえ、低く唸《うな》った。

　有り得ない、たった半日であんなものが出来るのは、どう考えても有り得ないのだ。元々多くの種芋を持っていたとして、錬金術師が全力を尽《つ》くして生長を促進《そくしん》させたとしても、あんなに育て上げるまで一か月は掛かるはずだ。まだ、一日も経《た》っていない。

「ハロルド様……どうやら様子を見ている時間はありませんぞ。奴《やつ》には、早急《さっきゅう》に手を打たねばならんようである！」

　ヴェインは一人歩きながら、低くそう唸った。

夜、ヴェインは部下の一人である男を呼びつけた。今回呼びつけられたのはハゴンだった。

「ハゴンよ、アルマが苗《なえ》を持ち歩いていたのか、何か価値の高いアイテムを持つのかはわからんが、裏があることには間違いない！　このまま放置していれば、奴は必ず吾輩の障害となる！　不安の芽は、さっさと摘《つ》んでおくべきである。深夜の間に、奴の小屋に忍《しの》び込んで、アイテムを盗み出すのだ！」

「わかりました、ヴェイン様。このハゴンにお任せください」

ヴェインの命令を受けたハゴンは、その日のうちにアルマの小屋へと忍び込んだ。

彼は狩人《かりゆうど》として長く生活しており、スキルとして《忍び歩き》を身につけていた。ヴェインが今回ハゴンを選んだのもそれを目当てにしたものだった。

小屋の中に入ったハゴンは首を傾《かし》げた。ほとんど廃墟《はいきょ》だったはずだが、不自然に綺麗なのだ。ただ、まともに立ち入ったことはないし、暗がりなので周囲もよく見えない。気のせいだろうと考え直した。

ハゴンは小屋の中をそうっと歩き、壁に並べられている、直方体の岩塊に大きな扉のついた箱を見つけた。《岩肌の収納箱》であった。

ハゴンは収納箱を知らなかった。ただ、物を入れておくための家具だろうということは外観から察することができた。中に目的のアイテム、アルマの強みが入っているはずだった。

ハゴンは音を立てないように、そうっと収納箱の一つを開いた。突然、収納箱から、明らかに体積以上の大量の土や石が溢れ出してきた。

「うっ、うおおおおおおおお！　なんだこれはあああああっ！」

それまで音を殺して歩いていたハゴンは、そこで獣《けもの》のような雄叫《おたけ》びを上げた。背を見せて逃げようとしたが遅《おそ》かった。土砂《どしゃ》の波がハゴンの身体へ圧《の》し掛かっていく。

6

「……なるほど、ヴェインの命令で忍び込んだわけか」

アルマは侵入者《しんにゅうしゃ》を縛《しば》り上げ、床の上で正座させていた。

「は、はい、そうです……」

侵入者の男、ハゴンは、俯《うつむ》きながら弱々しくそう答える。

アルマは深夜、ハゴンの叫《さけ》び声で目を覚ましたのだ。起きて火を灯《とも》して部屋内を照らすと、土砂に埋もれるハゴンを目にしたのだ。引っ張り出して縛り上げ、今に至る。

収納箱は見かけ以上にアイテムが入る便利アイテムだが、扱いを誤れば大きな事故に発展しかねない。安全に使うためにはちょっとしたコツが必要なのだ。

今その余裕はないが、アルマが《天空要塞ヴァルハラ》で使っていた収納箱には、万が一の事故に備えた安全装置が施《ほどこ》されていたくらいである。ハゴンがよくわからないままに暗がりで手探《てさぐ》りで開けたため、収納箱から錬金術に用いようとしていた素材が溢れ出したようであった。

「ヴェインめ、思ったより直接的な妨害に出てきたな。見張りでも置いた方がよさそうだ」

アルマは手で額を押さえ、溜め息を吐いた。

『ねえねぇ、主様。コイツどうするの？　ボク、眠り邪魔されてすっごいムカムカしてるんだけど』

純白の子竜が、ふわふわとアルマの周囲を飛ぶ。メイリーである。眠るときは《人化》を解除しているのだ。

「そうだな、喰《く》っていいぞ」

「ひっ、ひい！」

ハゴンが悲鳴を上げて身を捩《よじ》る。

『ボク、そんなマズそうなの食べないよ』

メイリーがムッとしたように思念を放つ。美味《うま》そうだったら食べたのか、とアルマは心中で突っ込みを返す。

「なんでお前は、あんなのに従ってるんだか。金か？」

ハゴンは沈黙《ちんもく》する。

「メイリー、こいつで美味《おい》しいパイを作ってやる。錬金炉は料理だってできちまうからな」

『本当っ⁉』

メイリーが宙を舞って、翼《つばさ》を嬉《うれ》しそうに羽搏《はばた》かせる。

「か、家族の生活を保障されている！　そういう面で優遇《ゆうぐう》されていないといえば嘘になる！　だ、だが、ヴェイン様はこの村の英雄《えいゆう》だ！　あの人がいなければ、この村は今頃どうなっていたか……」

「英雄、ねえ。村の織物や貴金属を片《かた》っ端《ぱし》から都市で換金させて私腹を肥やしたり、毎晩若い娘《むすめ》を要求したり、随分《ずいぶん》と好き放題やってるらしいじゃないか」

「そ、それは……」

アルマは深く息を吐き、頭を掻いた。

捕《と》らえたからといって、どうこうはできない。ハゴンはここの村の支配者であるヴェインとハロルドの手先なのだ。向こうの方が村での信用も厚い。

この話をネタにヴェインを追及《ついきゅう》してもシラを切られてお終《しま》いだ。下手に責めれば、むしろアルマが信用を失うことに繋がりかねない。それに何より、アルマはハゴンの様子を見て、彼を責める気力を失ってしまっていた。

「チッ、止めだ。これ以上、お前を苛《いじ》めても楽しくなさそうだからな」

アルマは《魔法袋》から、縄《なわ》を切るための鋏《はさみ》を取り出す。

『ええっ！　このまま解放するの⁉　ボク起こされたんだよ！　せっかくぐっすり寝てたのに！』

メイリーがアルマの周囲をぐるぐる飛び回る。

「俺だって折角整理した収納箱の中身をぶち撒《ま》けられたんだよ。だが、こいつをどうこうしても仕方ないだろう。収納箱の恨《うら》みは、依頼人《いらいにん》のヴェインにきっちり返してやるさ」

アルマはそこまで言って、ふとあることを思いつき、顎に手を当てた。

「そうか、追及しなきゃシラを切られることもないのか」

『うん……？』

「ハゴン、悪いがお前を解放するのは、明日の朝にさせてもらうぞ」

朝、アルマは《爆音玉》を小屋の外に投げつけた。殺傷能力皆無《かいむ》で、主に音で魔物の気を逸《そ》らすために用いられるアイテムであった。効果が薄く実用性は低いが、故に簡単な素材で造ることができる。

パアアアンと、大きな音が外から鳴る。狩《か》りや農作業、家事のため、朝早くから外に出ている村人達は多い。関心を惹《ひ》くには充分であったはずだ。

「なっ、なにーー！　お前はヴェインの部下のハゴンで、ヴェインの命令で俺の小屋にコソ泥《どろ》にやってきた男だとーー！　許さん、とっちめてやる！」

アルマは窓の外に向かってそう叫んだ。

「……主様、演技へタクソ。棒読みだった」

「大事なのは声量と状況だからいいんだよ」

メイリーが床に押さえ付けていたハゴンから退《ど》いて、彼を解放した。

「ほら、主様がもう行っていいって！」

「…………」

ハゴンは身を縮め、いそいそと外へ走っていった。

「な、なんだ……？」

「あれは、ヴェイン様の部下のハゴンじゃないか。何故《なぜ》、こんな早朝に、流れ者の小屋から？」

外から噂話《うわさばなし》の声が聞こえる。

「よし、これでいいな」

アルマは扉を開けてハゴンの背を眺めていたが、ニヤリと笑いながら扉を閉めた。

これでヴェイン相手に実のない言い争いをする必要もなくなった。村の中で、ヴェインがコソ泥を仕掛けたという噂が流れてくれるはずだった。

ヴェインもわざわざ悪評を撒かれたとは騒がないはずだ。そんなことをすれば、自分の悪評を広めるようなものだからだ。それにアルマは、あくまでコソ泥を追い返しただけなのだ。

今は小さくても信用を重ねていくのが重要だ。少しは自分達に有利な流れができるだろう。

「さて、今日のノルマを熟さないとな」

7

侵入者のハゴンを追い出した後、アルマは《幻植夢樹の書《ヴォイニッチ》》を用いて新しい芋を造り出していた。

見栄《みば》えの悪い、ゴツゴツとした大きな芋であった。

「よし……出来た」

《グロー芋》[ランク：1]
錬金術によって生まれた、非常に生長性の高い芋。また、様々な土地で育つ強さを持ち、条件さえ整えばゴミ捨て場で育つことも珍しくない。

味は薄く硬いが、様々な食糧難の地を救ってきた英雄。


アルマは《ブック》を用いて一応の確認を行い、出来上がったものが目標の《グロー芋》であったことを再確認する。

表示ランクは低いが、ランクは入手難度や稀少性《きしょうせい》、含有《がんゆう》魔力によって決定されるものである。それなりの錬金術師でなければ作ることはできないし、真価を知れば何を犠牲《ぎせい》にしてでも手に入れたがる者はいくらでもいるだろう。

しかし、《グロー芋》は自然発生こそしないが、最初の種芋さえ錬金術で作ってしまえば、増やすこと自体は難しくない。含有魔力も低く、故に［ランク：1］とされているのだ。

「主様、《黄金芋》があるのに、どうしてこんなの造ったの？」

メイリーが不思議そうに尋ねる。

「《黄金芋》は繊細だから、一般人《いっぱんじん》に育てさせるのは無理だ。これなら誰《だれ》が作っても一週間で収穫まで行うことができる」

まずは急激な生長速度を持つ《黄金芋》で即日《そくじつ》の結果を出し、手っ取り早い信頼《しんらい》を得たかったのだ。食糧難自体の解決は《グロー芋》を用いるのが一番だった。

また、一週間とは普通の人間が育てた場合のことで、錬金術師の成長促進スキルを用いれば、《黄金芋》ほどではないがもっと早く収穫を行うことができる。村に広まってからスキルを使って回るのも悪くないだろう。

マジクラでも食糧問題は序盤の壁である。出現地点の資源に恵《めぐ》まれなかった初心者が、復活と餓死を繰り返しながら必死に畑を耕すのはマジクラあるあるであった。中級者になると、食糧確保の手段としてまず《グロー芋》の量産に掛かるようになる。

食糧にも従魔の飼育や懐《なつ》き度調整、売却《ばいきやく》やバフ効果のある料理、変わり種の武器や薬の材料と、様々な使い道がある。《グロー芋》にそれらの期待はできないが、手軽に量産できる食糧としては間違いなくマジクラ最強のアイテムであった。

「にゃるほど、しゃしゅがあるじしゃま」

メイリーは蒸《ふ》かした《黄金芋》を頬張りながらそう口にした。

「食べながら喋《しやべ》るんじゃない」

アルマは指を伸ばし、メイリーの額を小突く。メイリーはごくりと口に含《ふく》んでいた芋を飲み込む。

アルマは一日掛けて《グロー芋》を増やし、エリシアを仲介《ちゆうかい》に挟《はさ》み、彼女《かのじよ》と共に村人へと《グロー芋》の種芋を配った。家を回るつもりだったが、数軒《すうけん》回ったところであっという間に人だかりができていた。

「い、一週間もあれば、これは育ち切るというのですか！」

「そんな夢のようなことが……」

「いや、この御方は、たったの数時間で畑を造り上げていたぞ！　ヴェインのような、似非《えせ》錬金術師じゃない、本物の救世主だ！」

村人達は大騒ぎだった。アルマはその様子を楽しげに眺めていた。

「本当に、アルマさんは凄《すご》い人だったのですね。しかし、ロクな対価も出せないのに、ここまでよくしてもらって……どうお礼をすればよいのか……」

エリシアが申し訳なさそうにアルマへと言った。

「なに、俺も餓死するところを助けてもらったんだ。いくら礼をしたって足りないくらいだ。それに、メイリーと当てもなくフラフラと二人旅するのも、なんだか寂《さび》しかったんでな」

アルマはそう答える。それに、自分の手で村が潤《うるお》っていくのを見ているのは楽しかった。

「必要なら、俺の家に来れば肥料を配る。だが、代わりと言っちゃなんだが、古い農具や釜をもらえれば嬉しい。金属が不足していてな」

「任せてくださいアルマ様！　儂《わし》の家中にある鉄を削《けず》って持っていきます！」

白髪《はくはつ》の老人が、拳《こぶし》を構えてそう叫んだ。他の村人達もそこへ同調していく。

「……お、おう。その、使うものは置いといてくれよ」

手持ちを配り終えた後、アルマはエリシア、メイリーと共に歩いていた。

「人助けは悪くないものだな。気分がいい」

「ありがとうございます、アルマさん。ここの村は壊滅《かいめつ》寸前だったのに、皆さん、すっかり幸せそうです。ヴェインに従う人間も、既に減りつつあると聞いています」

「そうだな、正直もう解決したようなものだと思っている。……ただ、そこが不安点なんだけどな」

「えっ……？」

「ヴェインは何でもやる奴だろ？　アイツも、追い詰められている自覚はあるはずだ」

ヴェインは何せ、即日に泥棒を仕掛けてきたような男だ。短絡的《たんらく》で考えが足りないが、行動力が恐ろしく高い。欲深く、障害物を排除《はいじょ》するためには手段を選ばない、そういう人間だ。

「短絡的な馬鹿ほど、敵に回すと厄介なこともある。特に追い詰められた奴は、平気で相手を巻き込んで自爆できるからな。俺も、それで何度か殺されそうになったことがある」

エリシアが息を呑《の》む。

「アルマさんは、死線を何度も潜《くぐ》ったことがあるのですね……」

「……まあ、な」

アルマは言葉を濁《にご》し、エリシアから視線を外す。

「すいません、あまり触れて欲しくはないことでしたか。アルマさんほどの錬金術師であれば、気軽に話せない過去の一つや二つはおありですよね……軽率でした」

エリシアが頭を下げる。

「そうじゃないが……」

……無論、アルマが死線を潜ったのはマジクラ内の話である。

詐欺行為《さぎこうい》を繰り返して成り上がったプレイヤーの要塞を叩き潰した際に、《終末爆弾《ばくだん》》の詰まった収納箱を抱えての自爆特攻を試みられたことがあった。

マジクラにおいて、最終的には造ったり守ったりするより、ぶっ壊す方がずっと簡単なのだ。失うもののない上位プレイヤー程恐ろしいものはない。

他にもＰＫプレイヤーの連合《ユニオン》を敵に回して二十の機動要塞に囲まれたり、訪れた都市ごと爆破されたり、《天空要塞ヴァルハラ》の中で最強格の魔物の召喚儀式《しょうかんぎしき》を勝手に行われたりと、悲惨《ひさん》な出来事は数え上げれば切りがない。最強プレイヤーであったアルマでさえ、他プレイヤーの逆恨《さかうら》みとクソ仕様を追加していく運営の悪意を前に《天空要塞ヴァルハラ》を守りきれたのは、奇跡《きせき》のようなものだった。

確かにあのときは必死だったが、エリシアの想定とは大きくズレているので、アルマを歴戦の勇者と信じている彼女に対して一抹《いちまつ》の罪悪感があった。

「うん、まぁ、そういうことでいいか……」

アルマは曖昧《あいまい》に頷いた。

「だが、ヴェインもそうだが……未《いま》だにほとんど動きを見せない、領主のハロルドも怖《こわ》いな」

「……ハロルドは、先代領主を毒殺したという噂もあります。ですが、裏で嫌われているヴェインと違って、ハロルドに関しては、村ではまだ彼に心酔《しんすい》している人が多いんです。ヴェインは嫌いだが、ハロルド様はヴェインに騙《だま》されているだけに違いないと……そう信じている人もいます」

「なるほど、どう動いてくるのかわからない人間が一番怖いな」

アルマは下唇を噛み、溜め息を吐いた。

村最大の権力者であり、ヴェインと結託しているハロルドが最も厄介な相手になることは間違いない。

それに、アルマはハロルドの言動に、引っ掛かるものを覚えていた。ハロルドがその気になれば、初日にアルマを追い出すことも容易かったはずだ。傷は深まったが、今日それを試みてもおかしくはない。

ヴェインは短絡的でわかりやすいが、ハロルドは正反対なのだ。全く動かないので、何を考えているのかわからない。

アルマは自分でも、この村での功績は大きなものだと認識している。食糧難の解決は村最大の課題であった。この期《ご》に及んで全く動かないのは、今の地位を捨てることにも直結しかねない。

「黙って指を咥《くわ》えて見ててくれるのは嬉しいが、さすがに不気味だな」

8

アルマが村にやってきてから五日が経過した。

アルマの小屋は改築され、今やその辺りの家よりずっと大きくなっていた。錬金炉や収納箱も、石造りのものから鉄製のものへと変わっていた。アルマの村内での影響力《えいきょうりょく》も日に日に増してきている。

昨日、ヴェインの手先らしき集団が畑泥棒に出てきていたが、設置した案山子《かかし》に取り押さえられているのが発見されていた。連中の妨害もその程度のものであった。

「エリシア、村人達と交渉《こうしょう》して、金属類や木材をどうにか集めてきてもらえないか？　村を出て集めている猶予《ゆうよ》は、今の俺にはないからな。代わりに要望があれば聞き入れると、そう返しておいてくれ」

アルマは錬金炉で作業を行いながら、エリシアへと声を掛ける。

「はいっ！　任せてください、アルマさん。きっと、すぐに集まりますよ」

すっかりエリシアはアルマの助手になっていた。

「出てくるのである、アルマ！」

外から叫び声が聞こえてくる。ヴェインの声だった。

「ア、アルマさん、ヴェインです。どうしますか？」

エリシアが不安げにアルマへと目を向ける。

「そろそろ来る頃だと思っていたさ。出迎《でむか》えてやろうじゃないか。メイリー、護衛は頼むぞ」

「んっ、主様任せてー！」

メイリーはベッドから跳《は》ね起き、アルマの傍へと走ってきた。ベッドには羽毛《うもう》の布団《ふとん》がついている。生活の余裕ができたので、アルマがメイリーの機嫌取《きげんと》りにと造ってやったものである。

外に出れば、ヴェインだけではなく、ハロルドがいた。そして彼らの周りには、金属鎧をガチガチに纏った武装兵達が守っている。

ヴェインは先日畑の襲撃に向かわせた者達が案山子に叩きのめされたのを知っているのか、顔を顰《しか》め、周囲を苛立《いらだ》たしげに警戒《けいかい》していた。村人達も、武装兵の集団に怯《おび》え、何事かと彼らを遠巻きに見ていた。

「大層なお出迎えだが、何の用だ？」

「出たであるな、アルマ……！」

ヴェインがアルマを睨みつける。

「いや、領主として礼を言いたくてね、アルマ殿。随分と領地のために貢献《こうけん》してくれているみたいじゃないか。今は何をしていたところだったのかな？」

ハロルドは取って付けたような笑みをアルマへと向ける。

「《タリスマン》を造っていた。ここの村の従来の《タリスマン》じゃ、対応しきれない魔物も多い。先日、村の北部でマイマイが出てくる事件があった。後回しにできる問題じゃないと思ってな」

「ななっ、なんであると！」

アルマの言葉に、ヴェインが声を荒《あら》らげた。

《タリスマン》は、魔物除けの効能のある、魔術式の刻まれた石である。どこの村でも、魔物除けとして村の外周に並べたり、家の近くに置いていたりすることが多い。錬金術師が創意工夫《くふう》を凝《こ》らす自由度が高く、また、どこの地も魔物災害には頭を悩《なや》ませているため、《タリスマン》の出来栄えは錬金術師の質を如実《にょじつ》に表すとされている。

従来の《タリスマン》とは、無論ヴェインの造ったものである。その《タリスマン》の否定は、つまり製造者ヴェインの否定でもある。村の周りの《タリスマン》を置き換えるなど、ヴェインの実力がアルマに劣るのだと喧伝《けんでん》し続ける行為に等しい。

「きっ、貴様！　この吾輩を愚弄《ぐろう》するのも大概《たいがい》にするのだ！」

ヴェインは肥え太った指をアルマへ突きつける。

「村人の命より、自分の自尊心の方が大事だってか？」

アルマはヴェインの言葉を鼻で笑った。そのとき、ハロルドは手を叩いて鳴らした。

「落ち着いてくれ、二人とも。特にアルマ殿よ、錬金術師が自身の評判を守ることは、時に村を守ることにも繋がるものだ。ヴェイン殿は、かれこれ半年以上この地に尽くしてくれている。当然のことだが、村の求めている錬金術師は、純粋《じゅんすい》な腕だけでなく、人格と、村との信頼関係も重要というわけだ。それをいたずらに貶《けな》されたヴェイン殿の怒りも、道理に適《かな》ったものだと思わないかい？」

ハロルドは笑顔を崩さずに、錬金術師の在り方についてそう語った。

間違ったことは口にしていないが、ただの詭弁《きべん》だ。何とでも言えることを、何とでも言える範囲《はんい》で自分達の優位な形で語っているに過ぎない。

「……第一、お前達がそれを言うのか」

アルマはそう呟き、溜め息を漏らして自身の額を手で押さえた。

「アルマ殿、確かに君は秀《ひい》でたところのある錬金術師のようだ。しかし、正しいことをしているつもりでも、結果的にそれが村を惑わせるだけに終わることもある。わかるかい？　自己満足で、あまり出すぎた真似をしないことだ。僕達には、僕達のやり方がある」

ハロルドが人差し指を左右に振りながら口にする。

「で、何が言いたいんだ？　今更《いまさら》そんな曖昧な脅《おど》しで、俺が動くと思っているわけじゃないんだろ？具体的な提案があって来た、そのはずだ。意味のない前置きはやめろ」

「ふむ、だったら、そうさせてもらおうか。船頭多くして船山に上るとは、よく言ったものだ。指導者が二人いて意見が食い違えば、大きな争いに発展する。割を食うのは巻き込まれた民だ。世の多くの不幸はそれが発端《ほったん》なんだよ。僕は、そのような事態を引き起こしたくはない」

「……話の長い奴だな。短く、直球で言うんじゃなかったのか」

「アルマ殿にはヴェイン殿の下に付いて、ヴェイン殿の指示によってのみ動いてほしい。村人との接触《せっしょく》も制限させてもらう」

「ほう？」

「僕の言っている意味がわかってもらえるかな？　錬金術師は、村の方針に大きく関《かか》わりすぎる。領主である僕以上に、指導者としての側面を持つものだ。指導者同士の対立はよろしくない。君には、村に長くいて信用のおけるヴェイン殿の下に付いてもらうか、そうでなければ去ってもらうしかないんだよ。村の支配者になって旨《うま》い汁《しる》を吸いたいわけではないのだろう？」

厄介な言い分だった。村内にいたずらに争いを招くのを防ぎたいと正義面《づら》をしながら、アルマの行動の封殺《ふうさつ》に掛かってきた。頭ごなしに否定すれば、ハロルドに様々な強硬策《きょうこうさく》を取らせる大きな口実を与えることになりかねない。

ハロルドの背後で、ヴェインがニヤニヤと笑っている。

「言い分はわかるが、断る。生憎だが、俺にはとてもそこのデブ……ヴェインが、信用のおける奴だとは思えないんでな」

「なっ、何であると⁉」

ヴェインが歯を剥《む》き出しにして激怒した。

ここで退《ひ》けば、ヴェインに飼い殺しにされ、都合のいい道具にされるだけだ。相手に強硬策を取らせる口実になるとしても、断る以外には有り得なかった。

「ななな、生意気な小僧《こぞう》である！　こっここ、このヴェインを、そこのデブであると！」

「落ち着いてくれ、ヴェイン殿。アルマ殿に納得してもらえないならば、仕方ない。でも、アルマ殿に先からいたヴェイン殿を敬うつもりがないとなると、村の中で二つの方針が交ざる。長引けば長引くほど複雑な事情が交ざり、根の深い問題となってしまうだろう。それじゃあ、こうしよう」

ハロルドはアルマの言葉に、一切《いっさい》動じる様子がない。恐らく、最初から断られることが前提だったのだと、アルマはそう察した。

「村人達を巻き込むようで悪いけれど、彼らには、アルマ殿かヴェイン殿、どちらか一方にしか頼ってはいけないことにしてもらう。鞍替《くらが》えは構わないけれど、例えばアルマ殿とヴェイン殿の、双方《そうほう》から《タリスマン》を受け取るような真似は禁止させてもらうということだ。そして、どちらの派閥なのかは明言してもらうことにする」

「……要するに、人気投票で決めさせるってことか？」

「ああ、そうだよ。大差がついた時点で決着とさせてもらう。対立を煽るようだけど、目に見える形で結果を出さなければ、禍根《かこん》が残るというものだ。これで大敗した方は、村での面子《メンツ》を完全に失うことになるだろうけれど……まさか、村に混乱を齎《もたら》すことがわかった上で、ヴェイン殿を否定した君が、今更止めるとは言わないだろう？　それとも、先の言葉は、考えなしに出たものだったのかな？」

「わ、罠《わな》です……。アルマさん、止めておきましょう。順当に進めばアルマさんが勝つでしょうが……ハロルドが、負けるとわかっていてこんなことを言い出すはずがありません」

アルマの背後で、エリシアがそう小声で口にした。

「わかった、いいだろう」

「ア、アルマさんっ⁉」

「どの道、ヴェインは手っ取り早く村から叩き出す必要がある。表立って面子を潰せるなら、いい機会だ」

「し、しかし、しかし……！」

エリシアが不安げにハロルドを見る。

「大丈夫だ。何されたって、どうとでもしてみせるさ。それに……ほら」

アルマが前を指差す。エリシアは指先を追ってそちらへ顔を向けた。

「ハッ、ハロルド様……そっ、そこまでは聞いていないのである！　あんなのと正面からぶつかったら、吾輩が、吾輩の立場が、その……わかるでありましょう、その！　その！」

ヴェインは必死な形相で、ハロルドに詰め寄っていた。明言こそしないが、如何《いか》にも自信なさげな様子であった。

「案ずる必要はない、ヴェイン殿。貴方《あなた》はいつも通りにやっていてくれれば、それでいい。僕に策がある」

ハロルドは子供をあやすように、猫撫《ねこな》で声でヴェインの肩を叩いていた。

9

「よし、よしっ、完成した！」

アルマは早朝から《鉄の錬金炉》に張りつきっぱなしであった。村人達もアルマの様子をメイリーやエリシアから聞き、きっとヴェインとの直接対決に備えて壮大《そうだい》なものを造っているのだと噂していた。

「主様、何造ってたのー？」

メイリーが欠伸《あくび》交じりに尋ねる。

「よく訊《き》いてくれたな、メイリー！　見ろ、このアイテムを！」

アルマはカエルの頭がついた、水色の柄《え》を持つ杖《つえ》をメイリーへと向けた。

「……何それ？」

「《トードステッキ》だ。フフ、結構好きなアイテムだったんだ。いや、素材が手に入ってよかった」

「主様……それ、ヴェインとの対決の役に立つの？」

メイリーが白けた目で《トードステッキ》を見つめる。

「いや、実用性はあんまりないが……たまには、こういうのも悪くないだろ。ほら、俺だって、休《きゅう》

「えっ、ええっ、えええええええ⁉　あっ、主様、それ、面白半分《おもしろはんぶん》で造っただけだったの⁉」

「よせメイリー！　外に聞こえる！」

アルマは慌《あわ》ててメイリーの口を塞《ふさ》ぐ。

「よ、余裕があったから、つい、な……。村人から結構いろんな物をもらったから、ここで検証したいことも色々とできてしまって」

これまでの一週間、本人が楽しかったからということもあるが、ほぼ不休で村の食糧難に当たってきたのだ。多少の脱線《だっせん》も仕方のないことではあった。

元より、アルマは重度のマジクラゲーマーである。今のこの世界で、様々な変わり種アイテムを試《ため》してみたい、という思いがあった。

「それに、これはおまけで造っただけだ。本命はこっちだ」

アルマはそう言って、錬金炉の横に置いていた、黄金の輝きを持つリンゴを拾い上げる。

「主様、それは……？」

「フフ、これは《知恵《ちえ》の実》だ。どうにか材料が補えたのは幸いだった。錬金工房の規模が大きくなると、俺だけでは管理しきれないからな」

アルマの造った《知恵の実》は、《ブック》で確認すればこのような説明文を得ることができる。

《知恵の実》［ランク：6］

リンゴを大量の魔力と純金で覆ったもの。
計り知れない魔力を秘《ひ》めている。
口にした生物の魔力を覚醒《かくせい》させ、［モンスターランク：5］相応の潜在《せんざい》能力を発揮させる。

ランクやモンスターランクは、一般的なマジクラプレイヤー達の間では最大10だと認識されている。もっとも、アルマはアイテムも魔物も、12まで確認したことがある。

骸骨剣士《がいこつけんし》やマイマイのような、平原に大量に出没《しゅつぼつ》するような魔物はどれも［モンスターランク：2］以下である。［モンスターランク：5］というのは、それなりに危険度の高いダンジョンの奥地《おくち》で出てくるボスにも匹敵《ひってき》する。上手く使えば、強大な従魔を得られるアイテムである。

ただ錬金術によってのみ得られるアイテムであり、錬金スキルの熟練度がかなり高くなければ錬金失敗率が高いため、挑戦《ちょうせん》するにはかなりの投資を覚悟《かくご》する必要がある。

その点アルマは錬金スキルの熟練度がプレイヤー全一レベルであったため、ほとんど失敗したことはない。《知恵の実》自体、便利なアイテムなので何百個と造ったことがあり、錬金にも慣れている。

「なんだ、主様、遊んでたわけじゃなかったんだね」

メイリーが安堵《あんど》したように口にする。

「来い、ホルス。いい餌《えさ》があるぞ！」

アルマは扉の外に声を掛ける。メイリーは自分の仲間候補がどれほど屈強《くっきょう》な魔物なのかと期待し、扉の外へと目を向けた。

「コッコー！　コッコッコ！」

扉の外から、一羽の鶏《にわとり》が入ってきた。真っ赤な鶏冠《とさか》に、橙《だいだい》の大きな嘴《くちばし》を備えている。

「……主様、鶏が入ってきたけど？」

「よしよし、早く来いホルス」

「ホルス？　アレが!?　どこが!?」

メイリーは思わず大声を上げた。

「あっ、主様、やっぱり遊んでるんじゃ……」

「《知恵の実》で引き出せる魔力は、どんな生き物でも固定なんだよ。たとえば、メイリーが食べても、何も変わりやしない。だから、何が喰おうが、そういう意味では一緒《いっしょ》なんだよ。それに、鶏は役に立つスキルを覚醒で身に付けてくれやすい。既にホルスが俺に懐いてくれているのも大きな理由だな」

ホルスは元々、村人からお礼にもらった鶏のうちの一羽であった。よくアルマの後を追いかけてくるので、アルマも名前をつけて可愛《かわい》がっていた。

「そ、そうなんだ……いや、でも、なんだか納得できないというか……」

アルマはホルスを抱え上げ、頭を撫でる。

「よしよし、ほらっ、喰え」

アルマはぐいぐいと、ホルスの嘴に《知恵の実》を突き入れていく。

「ノッノッノッ」

ホルスが歪な声で鳴く。

「主様、それ、苦しんでるんじゃ……」

ホルスはごくんと《知恵の実》を丸呑みした。うぶっと声を上げたかと思うと、ホルスの身体が細かく震《ふる》え始める。メイリーも、息を呑んでその様子を見守っていた。

ホルスの真っ白な毛が、見る見るうちに黄金色《こがね》に染まっていく。ホルスは首をぐっと伸ばし、気持ちキリッとした表情をした。

「……色以外、あんまり変わっていないような」

『力を授《さず》けてくださったアルマ様には、感謝しておりますぞ！　ぜひこのホルスに、何なりとお申し付けを！』

ホルスは芝居《しばい》掛かった動きで、ばさっと翼を伸ばした。

「ね、《念話》できるんだ……。ねぇ、主様、でもこの子、本当に強いスキル持ってるの？」

アルマは大きく頷く。

「勿論《もちろん》だ。《鶏成長促進》と《卵発生率強化》を持っている。どちらも強力なスキルだ。芋ばっかり、というわけにはいかないからな。卵は総合栄養食だ」

「ああ、家畜番なんだ……」

メイリーは、ちょっとがっかりした表情でホルスを見た。ホルスはキリッと表情を引き締《し》め、翼を伸ばしてみせた。

10

アルマは村の外周に立ち、五体の岩人形を眺めていた。《アルケミー》で造ったロックゴーレムである。ロックゴーレムは二メートル近い全長を持ち、首がなく、円《つぶ》らな瞳《ひとみ》をしている。

ロックゴーレム達は地面を掘り、粘土《ねんど》や石をアルマの許《もと》へと運んできてくれる。アルマはそれらを屋外に設置した《岩肌の錬金炉》を用いて、《タリスマン》を埋め込んだ魔物除け効果のある壁を造っていく。後はロックゴーレムがそれらを並べていってくれる。

「よし、よし、単純作業しかできない奴らだが、壁の設置くらいなら充分だな」

壁の設置は時間が掛かるので後回しにしていたが、《グロー芋》とホルスのお陰《かげ》で食糧の心配はなくなった。

それに、アルマを支持しているのは、元々村内で発言力を持たない人間が集まる、村の北部が多かった。アルマの現在の拠点も北部にある。村の南部には、領主ハロルドやヴェインの館があり、彼らと関わりの深い人間が集まっている。故に、アルマを支持するかヴェインを支持するかは、北部と南部で綺麗に割れていた。

大きな村の外周をぐるりと囲む作業は億劫《おっくう》だが、今はひとまず北部から優先して造ればいいので、気が楽だった。

「お、おい、あっという間に壁が築かれていくぞ」

「これだけ大きな壁があれば、魔物に怯える心配はない！」

アルマの様子を見に来た村人達も、声を上げて大騒ぎしていた。

魔物の襲撃は村にとって、一番恐ろしいことであった。目に見える対策がなされたことの興奮は大きかった。

「ヴェインの《タリスマン》だけでは、魔物を完全に追い払《はら》うことができていなかったんです。助かります……」

村人がアルマへと口にする。

「ま、それは仕方ない。元々、魔物は従来の生物や物体が、月の魔力で変異したものだ。《タリスマン》は、一定範囲を月の魔力による変異から守る力がある。だから《タリスマン》には魔物の出没を抑制《よくせい》する効果があるが、追い払う力は、どっちかといえば副次的なものなんだ。《タリスマン》だけじゃ、対策にはならない」

「おお、そうだったのですね、流石《さすが》アルマさん。しかし、ヴェインは《タリスマン》は魔物を遠ざけるとしか言っていなかったな……」

「ほう？　基礎《きそ》の基礎なんだが……あいつ、本当に錬金術師なのか？　独学でちょっと調べただけじゃないのか？」

アルマは大きく溜め息を吐いた。

「ま、まさか……」

村人は引き攣った表情を浮かべる。アルマは彼らから顔を逸らし、微《かす》かに口許を歪《ゆが》めた。

「……主様、わるーい顔してる」

メイリーが呟く。

無論、《タリスマン》にそこまで魔物を追い返す力がないことは事実だ。だが、そんなことはヴェインも知っていたはずだ。

しかし、村を高い石の壁で覆うとなると、とんでもない労力を必要とする。村でそれだけの対策を行うのは実際不可能に近い。そのためヴェインも、どうせそれ以上の対策を行うことはできないと考え、《タリスマン》だけでは不完全だとは口にしなかったのだろう。

アルマは本格的にヴェインを貶《おとし》めに掛かっていた。村人のほとんどは錬金術師をアルマとヴェインしか知らない。

ヴェインが多少はできる錬金術師であろうが、どうしても比較《ひかく》対象がアルマになるため、彼のボロが様々な方面から浮き出て見えてしまう。加えてヴェインの仕事には、明らかに手を抜《ぬ》いているような箇所も複数見受けられた。

恐らく、ただの手抜きではない。ヴェインの仕事の跡《あと》を辿《たど》っていれば、村を一定以上裕福《ゆうふく》にしないようにしようという意思が透《す》けて見えてきた。

大きな欠陥《けっかん》を持つ《ポック芋》ばかり育てさせていたこともそうだが、彼が村人に使わせていた錬金金属も、加工が難しい上に壊れやすいものだった。廉価《れんか》さを売りに広めたようだったが、村人に徒労を行わせつつ、金属道具の流通を制御《せいぎょ》し、村の足を引っ張ることが目的のようだった。他にもいくつも、証明の難しい巧妙《こうみょう》な罠が張り巡《めぐ》らされている。錬金術の腕はともかく、他人の足を引っ張る術《すべ》は天才的としか言いようがない。

「あいつ……村に寄生する以外に、何か目的を持ってやがるな」

「えっ、何の話ですか？」

アルマの言葉に、村人が首を傾げる。

「いや、独り言だ」

まだこのことは広めるわけにはいかなかった。錬金術師にしかわからないことであるし、水掛け論にしかならない。下手を打てば、むしろアルマの信頼が落ちる。それにアルマ自身、まだその目的が何なのかが見えてはいなかった。

そして、ハロルドは恐らく、ヴェインの本当の目的を知っていて、その上で結託している。思慮《しりょ》浅いヴェインはともかく、ハロルド相手に隙《すき》を晒せば、どういった形で反撃が来るかはわからなかった。

何にせよ、ロクでもない企《くわだ》てがあることは間違いない。ヴェインは必ず取り除かねばならないし、ハロルドもそこに噛んでいるのならば逃がすわけにはいかない。

「ま、魔物災害の心配はいらないさ。今後はこの壁があるし……ヴェインの雑な《タリスマン》ならいざ知らず、俺のなら低ランクの魔物はまず近づいてこないはずだ」

アルマが村人へそう口にしたとき、村の内部からエリシアが走ってきた。

「たっ、大変です！　アルマさん！」

「どうした？　そんなに慌てて」

「緊急事態《きんきゅう》で……あの、村の方に戻《もど》ってきてもらっていいですか！」

エリシアの取り乱しように、アルマは不吉《ふきつ》なものを覚えた。

「わかった、作業は中断だ」

アルマはエリシア、メイリーと共に、村の内部へと戻った。村の井戸《いど》の周囲に人だかりができている。

「これは何の騒ぎだ？　見せてくれ」

アルマが進み、井戸の中を覗《のぞ》いた。中に、身体を引き裂《さ》かれた巨大《きょだい》カタツムリ、マイマイの死骸が入っていた。マイマイの体液も漂《ただよ》っている。

マイマイは細菌塗《さいきんまみ》れであり、井戸に浸《つ》かってしまえば、中の飲み水が駄目になってしまう。これだけマイマイの体液が漂っていれば、農作に使うこともまた躊躇《ためら》われていた。

《グロー芋》の急速な生長には水が不可欠であった。逆に水が足りなくなれば、《グロー芋》はすぐに枯れてしまいかねない。

「ち、近くの奴が、追い払おうとして落としたんじゃないのか？」

「俺じゃねえ！　知らねぇよ」

「ここだけじゃない、近辺の井戸が数か所やられてたらしい。これ、ヴェインの報復なんじゃ……」

アルマを支持しているのは、村での発言力の低い人間が集まる北部が中心となっている。そしてどうやら、井戸荒《あ》らしを受けたのは北部ばかりのようだった。

アルマは大体事情を察した。恐らくヴェインかハロルドが、部下に北部の井戸を荒らさせたのだ。

今、錬金術師問題で村人達の間にも溝《みぞ》が生じていた。南部の人間は親戚《しんせき》筋や利権で固まっているため、結束力も強い。南部に水をもらいに頭を下げれば、派閥の鞍替えを要求されることになるだろう。

アルマは瞼《まぶた》を指で押さえ、溜め息を吐いた。

「ど、どうしましょう、アルマさん。このままだと……」

「本当にしょっぱい奴らだな」

アルマは溜め息を吐いて、首を振った。こんなみみっちい嫌がらせで今更どうにかなると思われているのならば、本当に舐《な》められたものだった。

「アルマさん？」

「ちょっと待っていろ、錬金工房に戻る」

十分後、アルマの拠点の近くに、青に輝く水晶《すいしょう》を抱える、天使の彫像《ちょうぞう》ができていた。彫像の足場の台には、各方面に二つずつ、合計八つの蛇口《じゃぐち》が設置されている。

「えっと、なんですか、この装置は……？」

エリシアが眉《まゆ》を顰《ひそ》める。

「ここを回すと……ほら、水が出てきた」

アルマはきゅっきゅと、蛇口のハンドルを回した。勢いよく水が溢れてくる。

「み、水を汲《く》み上げなくていいのか！」

「そこを捻《ひね》るだけで水が⁉」

村人達が騒めく。

「ああ、そこに驚くのか。とっとと造ればよかったな」

アルマはなんでもないことのように、そう口にした。

「おっ、俺、使ってみていいですか！」

「いいぞ、とっとと汲んでくれ。水に困ってた人がつっかえてるだろうしな」

一気に村人が、天使の彫像に集まっていく。

「凄い、本当に楽だ！」

「おい、この水、滅茶苦茶《めちゃくちゃ》美味しいぞ！」

こうして、恐らくヴェインが一夜掛けて行ったらしい計画は、十分で解決した。

「馬鹿らしい。とっとと壁造りに戻るか」

アルマは欠伸交じりにそう口にした。

「アルマさん、あの像、どうやって水を……？」

「あの天使の彫像が掲げてる水晶が、《水源石》っていうアイテムだ。保有する魔力の限り、水を発生させ続けてくれる。魔力がなくなるのには半年くらい掛かるだろうから、その頃にはアイテムに魔力を込め直す設備を造れているといいんだけどな」

「そ、そんな出鱈目《でたらめ》なアイテムが……」

メイリーは《水源石》を見上げ、訝《いぶか》しげに目を細めた。

「ねぇ主様、あの石、素材に何使ったの？　アイテムの魔力って、そう長持ちするものじゃないと思うけど」

「……《魔法袋》の片隅《かたすみ》に残っていた暗黒結晶《ダークマター》の欠片《かけら》を、ほんのちょっとな」

メイリーの顔が蒼褪《あおざ》めた。

「あ、主様、暗黒結晶《ダークマター》を軽視してない？」

暗黒結晶《ダークマター》はマジクラ最強の鉱石である。だが、暗黒結晶《ダークマター》の装備を造ったプレイヤーが突然爆発したり、状態異常で魔物化して自分の拠点を破壊したりと、怪《かい》事件が続いている。

故に、アルマも、純暗黒結晶《ダークマター》装備を持ってはいたが、収納箱の奥底に封じて決して使わないようにしてきた。アルマがこの世界に来たのも、元を辿れば暗黒結晶《ダークマター》を錬金素材として大量に投入した際の爆発が原因である。

「大丈夫だろ、ほんの欠片だぞ？　俺はなんやかんや、暗黒結晶《ダークマター》の扱いには慣れている。世界で一番長《た》けている錬金術師だといえるはずだ」

「だ、だといいんだけど」

11

「なっ、なんであると！　どういうことなのであるか！」

アルマが順調に村の外壁《がいへき》を建設している最中《さなか》、ヴェインは館の中で、部下達に怒鳴り散らしていた。

「で、ですから、ヴェイン様、その……北部の様子を見て、何故北部にあって南部に外壁がないのだと、ハロルド様の親戚筋の方々がお怒りのようで……」

「造りたければ勝手に造ればよかろうが！　吾輩の知ったことか！」

「中には、アルマ側につくことを匂《にお》わせている家もあるそうです」

「ハロルド様に頼んで、どうにか黙らせてもらわねば……」

ヴェインが歯軋《はぎし》りをする。

半年以上、滅びかけの地方村に尽くしてきたのは、信用を勝ち取り、村の若い娘を奴隷として都市へ売るためだったのだ。ハロルドと綿密に計画を立ててこれまでやってきたというのに、こんなところで台無しにされては敵《かな》わない。

「グフフ……だが、苦しいのは我らだけではないはずである。北部からはどうである？　何せ、井戸を潰してやったのだ。泣きついてくる村人どもが……」

「……既に、造り直したそうです」

「なに？」

「あっという間に、これまで以上に便利な井戸を用意したらしく……むしろアルマの評判が上がったのだとか」

「そっ、そんな馬鹿な話があるか！」

「……ついでに、その件でハロルド様の親戚筋の方々が、南部にも同じものを造れと」

「おのれ……！　ハロルド様は聡明であるのに、連中はいつもいつも、大事な時期に文句ばかり零して、吾輩の足を引っ張りおって……！　奴らさえいなければ、計画もとっくに進んでいたというのに！」

ヴェインは怒りのあまり、髪を掻き毟《むし》った。

「おのれ……あの男さえ、アルマさえいなければ……！　ハロルド様は策があると言うが、吾輩には今は待てと言うだけで、ロクに教えてくれはせん。このままじっとしていたら、きっと奴に全て台無しにされてしまうのだ」

「……既に、状況はよくありません。北部では、泥棒を仕向けたことや、井戸にマイマイの死骸を撒いたのがヴェイン様の指示であると、ほぼ公然の事実のように語られているようです。南部ではこれまでハロルド様に遠慮して声を潜《ひそ》めている者が多かったのですが、ハロルド様の親戚筋の方が不平を訴《うった》えたのを切っ掛けに、それが崩れつつあるようです」

「う、うう、うぐぐぐ……おのれ、おのれ、アルマめ……！」

ヴェインは自身の、太い親指を噛んだ。肉が抉《えぐ》れ、血が零れる。

「最早《もはや》手段は選ばん！　今夜、襲撃を仕掛け、アルマを殺す！　奴さえ死ねば、どうとでもなる。村を惑わす悪魔だったとでも言えばよい！　どの道錬金術師がいなくなれば、この村はいつ滅んでもおかしくはないのだ！　吾輩に従わざるを得ないに決まっているのである！」

「ヴェッ、ヴェイン様、それはさすがに、お考え直しを……！　失敗すれば、ヴェイン様はこの村にいられなくなります！」

「何もしなければ、どちらにせよこの村にいられなくなるではないか！」

「あの、ハロルド様への相談は……」

「ならん、ハロルド様は慎重すぎる！　それに、この一件でよぉくわかったが、あの方は徹底して保身の姿勢なのだ。吾輩がどうなろうが、自分が無事ならばそれでいいと思っておるに違いない！　吾輩は吾輩で動く！」

　こうして夜、ヴェインは部下十人を引き連れてアルマの許へと向かった。

「奴の造ったものは全て打ち壊せ！　アルマを、あの悪魔を殺すのだ！　奴の家に火を放て！」

　壁の一部を壊し、畑を踏み荒らし、井戸……改め、アルマの造った水道を砕《くだ》いた。そうしてアルマの拠点へと向かった。

「グッフッフ……アルマ、よくぞこの吾輩をここまで追い詰めたものだ。これが最後の決戦だ、アルマ！　貴様が滅ぶか、この吾輩が滅ぶか！」

『そこまでですぞ、悪党ども』

　ヴェイン達の頭に、声が響く。

「なっなんだ！」

「今、声が……」

　部下達が慌てふためく。

　ヴェインは周囲へ目を走らせた。

「こ、これは、高位の魔物が扱えるという、《念話》なのか……？　いったい、どこに……」

『ここですぞ』

ヴェインは目線を下げる。黄金の体毛を持つ鶏が、その場にちょこんと立っていた。鶏はぐいっと首を伸ばし、ぴしっと翼を広げる。

『これ以上の狼藉《ろうぜき》は、このホルスが許しませんぞ！』

ヴェインは部下達を振り返る。彼らは、石でできた剣や斧《おの》を手にしていた。

「おい、やれ」

部下の一人が黄金の鶏、ホルスへと斧を構えて歩いて行く。ホルス目掛けて、ゆっくりと斧を振り上げた。ヴェインはそれを見て、先へと進もうとした。

だが、次の瞬間、部下の斧が弾《はじ》き飛ばされていた。ホルスが素早く宙に跳《と》んで回転し、斧の刃《は》を側面から蹴《け》り飛ばしたのだ。部下の男もその際の衝撃《しょうげき》で吹《ふ》っ飛ばされ、地面に身体をぶつけていた。

「がはっ！　い、今、何を……！」

ヴェインは茫然《ぼうぜん》とホルスを振り返る。ホルスは華麗《かれい》に片脚《かたあし》から着地すると、クイクイとヴェインを挑発《ちょうはつ》するように翼を動かした。

『一人ずつとは紳士《しんし》的ですな。ですが、纏めて掛かってきてもよろしいですぞ』

「この化け物をぶっ殺すのだ！」

ヴェインが叫ぶ。

残る部下達が一斉《いっせい》にホルスに掛かっていく。だが、素早く繰り出されるホルスの脚技《あしわざ》に対応できず、あっさりと武器を奪《うば》われ、弾き飛ばされていた。

「ばっ、化け物だ！」

「逃げろ！　こんなのに敵うわけがない！」

部下達が一斉に逃げていく。

「ぶぁっ、馬鹿者！　ここで退けば、吾輩に後はないのであるぞ！　戻ってこい！」

ヴェインは必死に部下達へと声を掛けたが、しかし彼らが戻ってくる様子はなかった。

『後は貴方一人のようですな』

ホルスがジリジリとヴェインへ迫っていく。

「なな、舐めてくれるでないぞ、魔物風情《ふぜい》が！　吾輩とて若い頃は、無数のダンジョンに潜り研鑽《けんさん》を積んだ、冒険者《ぼうけんしゃ》であったのである！」

ヴェインが《魔法袋》から、白銀の輝きを放つ、一振りの剣を取り出した。

「一流の錬金術師は、自身の足で素材集めを行ってこそのもの！　吾輩の剣技を見せてくれるわい！」

ヴェインは吼えながら剣を構え、ホルスへと突撃していった。ホルスの蹴りが、ヴェインの顔面に突き刺さった。

「ブヒッ」

ヴェインは吹っ飛ばされ、剣を手放して数メートルほど転がった。そのまま起き上がり、ドタドタと必死に逃げていく。

「ここっこ、殺される！　吾輩は、こんなところで死んでよい人間ではないのである！」

『殺しはしませんが、少々痛い目に遭ってもらいますぞ！』

ヴェインの背をホルスが追い、嘴を何度も突き出した。

「おぶっ！　あぶっ！」

ヴェインは痛みに悲鳴を上げながら、夜の村を走り回った。豪奢なローブが破れ、脱《ぬ》げ落ちていく。最終的にヴェインは、裸《はだか》になって駆《か》けて行った。ホルスはその背を眺め、大きく一人頷いた。


その後、ヴェインは館に戻り、三階の寝室《しんしつ》にて、毛布に包《くる》まって震えていた。

「お、お終いである。こんな、こんなはずではなかったというのに……。いや、まだだ、まだである！　まだ何か、逆転の手があるはずである！　ハ、ハロルド様も、策があると仰《おつしや》っていた！　吾輩にもまだ、できることがあるはずである」

「ヴェイン様……」

部下の一人がヴェインの許へと戻ってきた。

「き、貴様……よくおめおめと、日の変わらぬうちに戻ってこられたものであるな……」

ヴェインは目を細め、部下の男を睨みつける。

「そ、その実は、壁や水道を壊した際に、気になったアイテムを集めておりました。ヴェイン様の役に立つのではないか、と」

「ほほう！　それはでかしたぞ！　奴の錬金術を吾輩が再現できれば、まだ好機はある……！」

部下の言葉を聞き、ヴェインは表情を和《やわ》らげる。

「これは水道に使われていた、水晶玉です。しかし、一体どう使えばよいものなのか……。ただの

た。

「早く寄越《よこ》せ！　こういうものは、魔力を流して、変化の切っ掛けを作ってやればよいのだ」

ヴェインは部下から水晶玉を奪い取り、魔力を流した。水晶玉から水がゆっくりと溢れ出してきた。

「おおっ！」

「なるほど、これを使ったのであるな」

ヴェインはニヤリと笑い、それから眉を顰めた。

「はて、しかし、どう止めればよいのだこれは？」

ヴェインが水晶玉に魔力を込めながらひっくり返したとき、水晶玉から溢れる水の勢いが強まった。

「ヴェッ、ヴェイン様！　早く止めてください！」

「言われんでもそうしたいのだ！　こ、こうか！　こうか！　わかった、こうであるな！　うぼおおおぉっ！」

一気に溢れた水に、ヴェインと部下は部屋の反対側まで押し流される。水の重みで床が抜け、三階から一階が貫通《かんつう》し、館の壁が崩れ始めた。

「おぼおおおっ！　溺《おぼ》れる！　溺れる！　誰か、誰か吾輩を助けよおおおおっ！」

この日、謎の水害によってヴェイン邸《てい》は崩壊《ほうかい》した。

12

「なに？　ヴェインが村を散々荒らした挙げ句、裸で走って帰って自宅を水没させた？」

「はい……村人の目撃情報を纏めると、そうなるのですが。水没については、周辺の家にも被害《ひがい》が及んだそうです」

「意味がわからん。ヴェインが特大のアホということしかわからんぞ、話を整理してくれ」

朝、家に来たエリシアの言葉に、アルマは眩暈《めまい》を覚えていた。一つ一つの情報全てがとっ散らかっていて繋がりがない。

「ううん……アルマさんが来てからヴェインはノイローゼ気味だったようなので、奇行はそのせいかと」

実際、ヴェインの精神はかなり参っていた。長く準備してきた計画が台無しになったのもそうだが、ヴェイン自身、錬金術の腕にはかなり覚えがあったのだ。それがアルマの来訪以来、尽《ことごと》くあらゆる方面で差を見せつけられ、錬金術に長けているからと許されていた蛮行《ばんこう》が看過されなくなってきたために村人から見限られつつあった。

我儘《わがまま》なハロルドの親戚筋から無理難題がポロポロと出てきて、入り口を閉じた袋が押し潰されたように、ヴェインの精神も逃げ場のないストレスの前に追い詰められていた。

最早、アルマの造ったものを壊し、アルマを殺すしかない。ヴェインがそういった手段に出たのは、それしか手がないというのもまた事実だったが、精神的に追い込まれていたヴェインの『アルマを何としてでも消し去りたい』という衝動が表に出た結果だともいえた。

「だから裸で走ったのか?」

「さあ……」

「ある鳥は、ストレスが溜まると巣を蹴り壊して卵を全部叩き落とすというヒステリーを起こすらしい。だが、裸ジョギングを嗜《たしな》んだ後に自宅を破壊するヴェインに比べるといくらか賢《かしこ》いな」

アルマは水を飲みながらそう零した。エリシアが苦笑する。

「怒りで自宅を爆破した主様が言うの……?」

アルマは余計なことを口にしたメイリーの額を、軽く人差し指で小突いた。

「被害の規模はわかるか、エリシアさん」

「はい、壁の一部が叩き壊されたのと、畑の一部が荒らされました。こちらの規模はそこまでですが、例の井戸の彫像が壊され、水晶玉が外されていたようです」

「げっ」

アルマは顔を青くし、手で額を押さえた。とりあえず、謎の水没の理由が発覚してしまった。

「……俺は知らんぞ、これ。事故が起こらないように何かあったら止まるようにしてたのに、わざわざ自宅で再起動する馬鹿が悪いんだからな」

アルマは深く溜め息を吐いた。流石にないと思いたいが、このせいでヴェイン邸水没の責任を取らされたら堪《たま》ったものではない。

「やはり、水晶玉を盗まれたのは不味《まず》かったですよね。どうにか取り返さないと……」

「いや、あれはすぐ造り直せる。今日一日は修復に当たるしかないな」

アルマは息を吐きだし、椅子《いす》の背凭《せもた》れに凭れ掛かった。

「もうこれ、こっちから怒鳴り込んでも許されるだろ。造ったもの毎晩壊されてちゃ、堪ったもんじゃないぞ。村人も過半数はこっち側についてるみたいだし、ハロルドもこの件に関しては流石に庇《かば》い切れんだろう。というか、ハロルドが一番キレてるだろ」

「どうやら現在はハロルドの館にいるそうです。既に村人の一部が抗議に向かったそうですが、水害での怪我を理由に、今は誰とも会われないと……」

「しょうもない逃げ方をしやがって。いつまでもそんなのが通ると思ってるのか？」

確かにほとぼりが冷めるまで引き籠《こ》もって隠《かく》れるのは効果的である。だが、ここまで盛大《せいだい》にやらかした以上、それも焼け石に水なのは間違いなかった。

「まあ、元々勝負はついていたようなもんだったから、決着が早まったくらいのことでしかないか。あいつがとち狂《くる》ってくれて、楽でよかった」

そのとき、外から声がした。

「こちらにアルマ殿はおられますかな？」

聞き覚えのない男の声だった。

「何者だ？」

「ハロルド様の執事《しつじ》の、ダルプールでございます」

「ほう」

アルマが目を細める。

ようやくハロルドが動いた。これまで散々ヴェインは暴れていたが、ハロルドはほとんど行動していなかった。

エリシアはアルマと目を合わせて確認した後、椅子から立ってダルプールを出迎えに行った。

ダルプールは、ウェーブの掛かった白髪の、初老の男であった。痩《や》せぎすでひょろりと背が高く、三白眼の下に隈《くま》があり、剣呑《けんのん》な雰囲気《ふんいき》のある人物だった。

アルマはダルプールの腕に目を落とした。年齢《ねんれい》不相応に筋肉がついている。腰《こし》には剣も差していた。

「……メイリー、一応近くに寄れ」

「うん？」

メイリーは生返事をしながらも、アルマの近くに立った。

「お初にお目に掛かります。改めて、ダルプールでございます。ハロルド様より言伝《ことづて》があり参りました」

「言伝、ねぇ」

「明日の昼、村人達立ち会いの下《もと》で、広場で話がしたいと、そう仰られております」

「村の錬金術師の件について、か？」

「はい、そう思っていただいて結構です。ハロルド様は、その際にはヴェイン殿も連れていく、と」

「そりゃありがたいね。一か月は隠れるつもりかと思っていた」

アルマの言葉に、ダルプールは口許に微かに笑みを浮かべた。その余裕ありげな反応に、アルマは不気味なものを覚えた。

「いらしていただけますかな、アルマ殿？」

「ああ、上等だ。お前とも決着をつけてやると、ハロルドにそう言っておけ」

「ア、アルマさん、その言い方は……！」

アルマの言葉に、エリシアが慌てる。だが、アルマが敵意を露《あらわ》にしても、ダルプールは一切引く様子がなかった。

「ええ、はい、それは都合がよい。ハロルド様もそのおつもりのようですので。そのままお伝えさせていただきます」

ダルプールは目を細め、淡々《たんたん》とそう口にした。

「よろしかったのですか？　ハロルドは、何か策がある様子でしたが……」

ダルプールが拠点を出ていってから、エリシアは不安げに口にした。

「構わんさ、今更怖いのは暗殺くらいだ。護衛にはメイリーを連れていく。それに俺も、このローブの耐久値がある以上は、突然弓矢でめった撃《う》ちにされても死なないからな」

13

夜、ヴェインは再び部下を集め、村の外へと出ていた。

ハロルドからは『頼むから、もう何もするな』と言われていたが、何もしなければ村から追放されるのは目に見えていた。このまま引き下がってはいられなかった。ハロルドの見張りに金銭を握らせ、彼の館からの脱出に成功していた。

成功すれば奴隷売買で膨大《ぼうだい》な富を得られるはずだったのだ。それが一文無しで村から追い出されるなど、到底受け入れられるものではなかった。いや、下手をすれば追放では済まないかもしれない。

ヴェインは村内で嘲笑《ちょうしょう》の対象となりつつあった。それもプライドの高いヴェインにとって、受け入れがたいことであった。

「アルマァ……今度こそ、決着をつけさせてもらうぞ……！」

ヴェインは低い声で唸った。

「ヴェイン様、止めておいた方がいいのでは……？　ハロルド様は、今までのことくらいなら、どうとでもなると……」

「何もしなければ、吾輩が追い出されるに決まっているであろうが！　ハロルドは今の今まで、何もしてくれんかったではないか！　吾輩はやるぞ！」

ヴェインはそう言って手にした大きな髑髏《どくろ》形の水晶へ目をやり、邪悪な笑みを浮かべた。

「ヴェイン様、それは……？」

「《水晶髑髏》……範囲内の骸骨剣士を、集めるアイテムである。これをここに埋めておけば、アルマが壁を築いた側から魔物が侵入《しんにゅう》するというわけである。後は吾輩らが、適当に壁を壊して、魔物の仕業《しわざ》に見せかければよい。フフ、奴が自信を持って築いた壁から魔物が入り込み、死者が出れば、アルマを見る村人の目も変わるというものよ」

ヴェインはそう言って、大声で笑った。

「ヴェ、ヴェイン様、それだけはお止めください！」

「そうです！　それは、本当に一線を越《こ》えてしまいます！　もし対応が遅《おく》れれば、何十人死者が出ることか……！」

部下達が一斉に止めに入った。

「黙るのだ！　どうせ死ぬのは北部の、吾輩を裏切ったクソどもに過ぎん。貴様らの家がひもじい思いをせずに済んだのは吾輩のお陰であるぞ！　もしも吾輩が追放処分を受ければ、貴様らも、家族も、無事では済まんだろうなぁ……？」

「うっ、うぐ……」

「なぁに、バレはしない。それに、騒ぎを聞きつけた吾輩らが鎮圧《ちんあつ》すれば、被害は抑えられ、評判は上がる。いいこと尽くしではないか！　ハハハハハ！　アルマ、全てはこの吾輩を追い詰めた、貴様が悪いのだぞ！」

ヴェイン達は《水晶髑髏》を地中に埋め、アルマの築いた壁を斧で打ち壊して穴を開けた。そうして村の高台に移動し、事の成り行きを見守っていた。

「……ヴェイン様、北部の壁近くに骸骨剣士が集まっております。既に十近くは」

ヴェインの部下が、心苦しげに報告する。

「ハハハ！　よいぞよいぞ！　思ったより集まったではないか！　ほとぼりが冷めたら、明日の朝には掘り返しに行かんとな！」

骸骨剣士達は《水晶髑髏》の上をフラフラと彷徨《さまよ》った後、村の方角へと動き出した。ヴェインが歯を剥き出しにして笑う。

だが、そのとき、異様な事態が起こった。集まった骸骨剣士達は、ぐるりとアルマの築いた壁を遠回りするように動き、北部から南部へと大回りを始めたのである。

「なっなっ、何故……!?」

ヴェインはあんぐりと口を開けた。

「アルマの《タリスマン》を回避《かいひ》した結果、南部に向かったのではないでしょうか……？」

「そ、そんなわけがあるか！　それでは吾輩の《タリスマン》が、アルマの《タリスマン》に圧倒的に劣るということではないか！」

「その通りなのでは？」

ヴェインは部下の顔面に裏拳《うらけん》をお見舞いした。

「ハロルド様に報告しましょう！　このままでは、本当に大変なことになります！」

「ならん！　そんな都合のいいこと、吾輩が何かしたと自白するようなものではないか！　ただでさえ骸骨剣士ばかりが群れるなど、異様な事態であるのだぞ！　このまま黙っておいて、ちょっと遅れて報告するのである！」

ヴェインの言葉に、部下達の表情が真っ青になった。

◆　◆　◆

深夜、アルマの家の扉が激しく叩かれた。アルマは眠い目を擦《こす》り、扉を開いた。

「なんだ急に？　……お前は」

扉の前にはヴェインの部下の男が立っていた。男の顔は真っ青で、アルマを見るなり勢いよく頭を下げた。

「アルマ様、ヴェイン様が、村に魔物を引き入れたのです！　自分もその手助けを行ってしまいました。後でどのような形でも罪を償《つぐな》わせていただきます。都合のいいことを口にしているのは承知しておりますが、どうか、何卒《なにとぞ》お助けを！」

アルマは耳を疑った。ヴェインが短絡的な上に他人を一切顧《かえり》みない馬鹿なのはわかっていたが、しかし流石にここまでとは思っていなかったのだ。

「奴は本物の馬鹿か！」

「はい、ヴェイン様は本物の馬鹿です。そして、私はそれ以上の馬鹿でした」

男はおいおいと泣き崩れてしまった。

「起きろメイリー！」

アルマは大声で叫んだ。白竜《はくりゅう》状態のメイリーが、ごろんとベッドから転げ落ちた。

『……夜中にどったの、主様ぁ？』

やや不機嫌そうにメイリーが零す。

「メイリー、馬鹿のせいで魔物の襲撃だ！　とんでもないことになったぞ！　おい、案内してくれ！」

「はっ、はい！」

男は応《こた》え、大急ぎで拠点の外へと出た。アルマとメイリーもその後を追った。

村の南部では、大騒ぎになっていた。

「助けてくれぇえっ！」

「ハッ、ハロルド様！　ハロルド様に報告を！」

骸骨剣士の集団が、周辺の建物を打ち壊している。既に悲鳴が飛び交い、村人達が逃げ惑っていた。

「馬鹿にしてるのか、あの馬鹿は！　ここは墓場でもないのに、突然骸骨剣士が群れを成すわけがないだろうがぁっ！」

アルマは思わず声を荒らげて叫んだ。

メイリーが翼を広げて低空飛行し、二体の骸骨剣士の頭蓋《ずがい》に手を添え、同時に首を捩《ね》じ切った。

骸骨剣士達の身体が崩れ落ちる。

「な、なんだこの子は！」

「アルマの横についていた娘だ！　滅茶苦茶強いぞ！」

メイリーは騒ぐ村人達を振り返ると、ちょっと照れたように微笑んでピースサインを作った。

「照れてる場合か！　とっとと敵を減らしてくれ！」

アルマがメイリーへと叫ぶ。

そのとき、近くの家屋が崩れ、中から骸骨剣士が現れた。逃げる子供の背へと迫っていく。

「チッ！」

アルマは飛び出し、骸骨剣士の刃を前腕《ぜんわん》で受けた。髑髏が顎を震わせてカタカタと笑う。だが、刃はアルマの身体に通らなかった。

「ダメージは、ローブが肩代わりしてくれるんでな！」

アルマは《魔法袋》から、一本の武器を取り出した。無論、《アダマントの鍬》である。これまで武器を作る余裕はあったが、中途半端《ちゅうとはんぱ》な素材で剣やら斧を見繕《みつくろ》うより、《アダマントの鍬》でぶん殴《なぐ》った方が遥《はる》かに効果的なのだ。

「土に還《かえ》りやがれ！」

鍬を横に薙《な》ぎ払う。骸骨剣士の剣がへし折れ、骨が砕け散って地へと崩れていく。

アルマとメイリーの活躍《かつやく》により、骸骨剣士の群れの鎮圧はあっという間に終わった。周囲には骸骨剣士の残骸があちこちに転がっていた。

「あれだけいた魔物を、たった二人で！」

「お、おお！　やはり、アルマ様こそ、この村の英雄だったのだ！」

村人達が歓声を上げる。アルマは溜め息を吐きながら、《アダマントの鍬》を地面に下ろした。

骸骨剣士の群れは片付いた。だが、アルマは浮かない表情で周囲を見回していた。

「どうしたの、主様？」

メイリーが首を傾げる。

「……埋めたアイテムに誘《おび》き寄せられているって話だ。恐らく、すぐに後続が来る。メイリーはここをしばらく見張っててくれ」

「ボク、眠いなぁ……それにちょっと、お腹《なか》が空《す》いちゃって力が出ないかも……」

メイリーはそう言って、ちらりとアルマへ目をやった。アルマは目を瞑《つぶ》り、自身の額を数回人差し指で叩いて考え込んでいたが、すぐに諦《あきら》めて《魔法袋》から《ミスリルのインゴット》を取り出してメイリーへと渡した。

「おら、五百万ゴールドの夜食だ」

「やったぁー！　主様大好きー！」

メイリーはアルマに抱き着き、《ミスリルのインゴット》を受け取った。

「それじゃあ、ここは任せたぞ。おい、ドズ、案内してもらうからな」

ドズ、というのはヴェインの部下の男の名前である。ここへ向かう道中で名前を訊いたのだ。

「はっ、はい！」

ドズはぺこぺこと頷いた。

二人は村を抜け、村の北側へと向かった。

「……なるほど、北部に魔物の群れをぶつけて、俺の責任にしたかったわけだ。それで盛大に自爆して、身内のいる南部に魔物が雪崩《なだ》れ込んできたから、大慌てで俺に泣きついてきた……と」

「……はい」

ドズはがっくりと肩を落とす。取り繕う言葉も最早出てこない様子であった。

アルマは周囲を徘徊《はいかい》していた骸骨剣士三体を《アダマントの鍬》で耕し、地面をドズに掘らせた。

「こちらです、アルマ様……」

ドズの手には、髑髏形の水晶があった。

「やっぱり《水晶髑髏》か……。おい、寄越せ」

「は、はい！」

アルマはドズから《水晶髑髏》を受け取ると宙に放《ほう》り投げ、《アダマントの鍬》の一撃で破壊した。粉々になった水晶の欠片が辺りに散らばる。

「よかった……これで」

「一件落着、とは行かないらしいぞ」

「えっ……？」

パチパチと平原に拍手《はくしゅ》が響く。

振り返れば、ヴェインが立っていた。ヴェインの背後には、鉄鎧を纏ったヴェインの部下が四人、全長二メートルのサンドゴーレムが二体並んでいた。この場で部下が少ないのは、ヴェインの蛮行に堪えられなくなって抜けていったためだろう。

「いやはや、流石である！　まさか、あれだけの骸骨剣士を容易く片付けてしまうとは」

「大層なお出迎えだな、ヴェイン」

「あの小娘は厄介だったが、まさか見張りに残していくとは！　ハハハハ、なんと愚かなことであるか！」

「今更、俺一人殺して事態を抑えられるとでも思っているのか」

「ああ、できる！　アルマ！　貴様は手柄《てがら》欲しさに《水晶髑髏》を地中に埋め、南部に魔物を嗾《けしか》けたのだ。吾輩はそんな貴様を成敗した、英雄というわけである！　死人に口無しである！　後はハロルドの口添《くちぞ》えさえあれば、真実など簡単にひっくり返るのだ！」

「どこまでも小悪党だな」

アルマは溜め息を吐き、《アダマントの鍬》を構えた。

「ヴェイン、いい加減、お前の愚行にゃ、こっちも腸《はらわた》煮えくり返ってるんだ。いいぜ、白黒付けてやる」

「強がるなガキが！　そんな農具が、何になる！」

二体の砂の大男、サンドゴーレムがアルマへと向かってきた。アルマは《アダマントの鍬》を構えるが、サンドゴーレムの巨腕を腹部で受けた。

「うぐっ！」

二メートル程吹き飛ばされるが、どうにか足から着地する。

ローブの効果で身体へのダメージは肩代わりしてもらえるが、受けた衝撃を殺せるわけではない。

それに、サンドゴーレムの方が遥かにリーチが長かった。

追ってきたサンドゴーレムの拳が振り下ろされる。アルマはそれを片手で受け止め、地面に膝《ひざ》を突いた。重量の乗った一撃に、足場の地面が大きく窪《くぼ》む。

「だが、突き飛ばされなきゃこっちのもんだ！」

アルマは今度こそ《アダマントの鍬》の一撃をサンドゴーレムへお見舞いする。サンドゴーレムの腹部に大穴が開き、全身に亀裂《きれつ》が走って崩壊した。

「ヴェ、ヴェイン様、やはりアルマは化け物です！　我々では……！」

「何を言うか！　最早、後には退けないのだ！　それに、強いのは装備に過ぎん、動きは素人《しろうと》同然である！　拘束《こうそく》すれば、それまでである！」

部下の弱音に、ヴェインが吼える。

「……流石に、錬金術師の弱みをわかってるじゃないか。錬金術師同士の戦いは、準備を怠《おこた》らなかった方が勝つからな」

錬金術師が魔物や対人戦で近接武器を使えば、相手の攻撃を受けてから返す形になることが多い。

「フハハハ！　そこまでわかっていて、単身でノコノコと外に出てきた貴様の負けだ！」

サンドゴーレムを中心に、四人のヴェインの部下が並んだ。動きの鈍《にぶ》いサンドゴーレムだけならまだしも、拘束を目的に動くヴェインの部下四人がいるのは厄介だった。馬鹿正直に剣で殴りつけてくれればローブで防げるが、拘束には弱い。

「ア、アルマさん、右側はどうにか引き付けてみせます！」

ドズが剣を構える。

「ドズ、アルマを取り押さえろ。今なら見逃《みのが》してやるが……」

「だ、黙ってろ！　欲深豚男！　お前にはもう、ウンザリなんだよ！」

ドズの言葉に、ヴェインは大きく鼻の穴を広げた。

「よかろう、ならばアルマ諸共《もろとも》死ねい！」

飛び掛かってくるヴェインの部下の剣を、ドズが刃で受け止めた。

アルマはサンドゴーレムの頭部目掛けて《アダマントの鍬》を投擲《とうてき》した。サンドゴーレムの頭部が爆《は》ぜ、身体がよろめいて背後に倒れた。リーチの差を埋めるにはこれが一番だったのだ。

「武器を手放したな！　馬鹿め！」

「ヴェイン、錬金術師同士の戦いは、準備を怠らなかった方が勝つ。俺はそう言った、言ったが、何故俺がそれを怠ったと思ったんだ？　間抜けはお前だ。この俺相手に、たったそれっぽっちの戦力で挑《いど》んだんだからな」

アルマは《魔法袋》から一本の杖を取り出した。先端に可愛らしいカエルの頭がついており、柄は水色であった。まるで子供の玩具《おもちゃ》であった。

「ハッ、そんな玩具で、何ができる！」

ヴェインが笑う。

「アルマさんっ！　ふざけている場合じゃ……！」

アルマはドズが打ち合っている男へと素早く先端を向ける。

「悪く思うなよ、お前をカエルに変える」

「はっ……？」

放たれた光が男の身体を包み込み、ボワンと煙《けむり》が舞った。

煙が晴れると、全長五十センチメートル程度の大きなカエルが佇《たたず》んでいた。トードと呼ばれる魔物である。

その場が静寂《せいじゃく》に包まれた。戦っていたことを忘れたかのように皆剣を下ろし、呆然とトードを見つめていた。

「ヴェッ、ヴェッ」

耳につくトードの鳴き声が静寂を破る。トードはヴェインに尻《しり》を向けると、フリフリと振って、ぴょん、ぴょんとその場から去っていった。

「……バーノン、なのか？」

部下の一人が、消えた仲間の名を呼んだ。

「ヴェッ」

トードが動きを止め、まるで応じるかのようにそう鳴いた。

「さあ、次はどいつだ！」

「うわあああああああああっ！」

絶叫《ぜっきょう》と共に、残るヴェインの部下達が武器を投げて逃げて行った。

「まま、待つのである！　戻れ、戻るのだ！　落ち着け、あんな魔法、連発できるわけがないのである！　もう一人くらいトードになれば、アルマを突破《とっぱ》できるはずである！　もう一人くらい吾輩以外で！」

「冗談《じょうだん》じゃない！　付き合ってられるか！」

当然、部下達が足を止めるわけがなかった。アルマはヴェインの後頭部に《トードステッキ》を突き付けた。

「お前だよ、お前がその一人になるんだよ、ヴェイン」

「ひぅっ！　ひい！　い、嫌である！　死にたくない！　吾輩は、死にたくない！」

「何も死ぬわけじゃない。豚からカエルになるだけだ」

「たっ、頼む！　何でもする！　それだけは、それだけは止めてくれぇえええええっ！」

「なら、その場に座って目を瞑れ」

「こ、こうか!?　これでよいのか!?」

アルマは《トードステッキ》でヴェインの後頭部を殴り飛ばした。

「ブフゥッ！」

ヴェインは呻《うめ》き声と共にその場に倒れ、気を失った。《トードステッキ》の恐怖《きょうふ》のあまりか、股《また》のあたりが濡れていた。アルマは額を手で押さえる。

「……ヴェインは、明日の昼まで捕らえておきたい。悪いが、その、そいつを背負ってもらっていいか」

「わ、わかりました」

ドズは嫌そうに顔を顰めたが、頷いて了承《りょうしょう》してくれた。それから遠くへ向かっていく、新たなる人生を歩もうとしている元同僚《どうりょう》へと目を向けた。

「あの……バーノンは、一生トードなんですか……？」

「ん？　ああ、あの《トードステッキ》は、対象と近くにいるトードの座標を入れ替《か》えるだけだぞ」

「えっ……？」

ドズが声を上げる。

《トードステッキ》はカエルに変えるアイテムではなく、カエルと入れ替えるアイテムなのだ。

《トードステッキ》［ランク：4］
先端にトードの頭のついた、可愛らしい杖。魔法スキル《カエルカエル》を扱うことができる。
魔力抵抗に失敗した相手の座標を、事前に魔術式を刻んでおいたトードと位置をイレカエルことができる。なお、トードが半径五百メートル以内にいなければ失敗する。

アルマは自宅の収納箱に《トードステッキ》用のトードを飼っていた。バーノンは収納箱の中にぶち込まれただけである。

元々、《トードステッキ》は発動条件が面倒な上に、格下相手にしか《カエルカエル》は当たらない。マジクラでは魔物の捕縛《ほばく》や、言うことを聞かないNPCを移動させるのに用いるのが主な使い道であった。

「じゃ、じゃあ、もう一回は使えなかったのですか……？」

「まあ、そうなるな。そっちのトードと入れ替わるだけだし」

「相手が驚かなかったら、その、どうするつもりだったんですか……？」

「敵は減らせたんだから、問題ないだろう。別のアイテムもあったし」

「そ、それはそうですが……」

「何より、目の前で仲間をトードにされて動揺《どうよう》しない奴がいるか？　俺はするぞ」

　一瞬沈黙した後、ドズは深く頷いた。

「まぁ、そうですよね……」

　また馬鹿な真似《せ》をされても困るので、このままヴェインは約束の時間まで捕縛する。ヴェインの失態をハロルドを攻める材料に用いて、その後は村から蹴り出すだけである。

14

　ハロルドとの約束の時刻になった。広場で、村人達の前で話し合いを行うことになっている。

　アルマは既にヴェインの元部下であるドズを用いて、ハロルドへヴェインを拘束した一件を伝えてもらっていた。これにより何かハロルド側に動きがあるかもしれないとアルマは考えていたが、しかし予定の変更《へんこう》を伝える使者も特に送られてきてはいなかった。

『アルマ様、領主との衝突では何が起こるかわかりませんぞ！　このホルスも連れていってくださ
れ！』

ホルスがぱたぱたと翼を羽搏かせ、ぐぐっと背伸びをした。

「……ホルス、戦えるの？　畜産《ちくさん》スキルしかないって主様から聞いたけど」

メイリーがじろりとホルスを見る。

『勿論でございますぞ、メイリー殿！　ついこの間、十人の悪漢に囲まれましたが、三分で殲滅《せんめつ》し
てみせましたぞ！』

ホルスは翼でシュッシュと空中を殴り始める。

「……いつの話？　数日前に《知恵の実》を食べたばかりなのに」

『ああっ！　疑っておりますな、メイリー殿！』

「ホルス、悪いが鶏の管理と家の番を頼む。メイリーがいる限り、俺は大丈夫だ。この村に、メイ
リーを倒せる戦力は絶対にない。それより俺の留守が確定している間に、拠点に何かされるのが怖
い」

『なるほど！　ではこのホルス、アルマ様不在の間、この拠点を守り抜いてみせますぞ！　ですが
主様もお気を付けくだされ！』

「おう、ありがとうなホルス」

アルマは屈《かが》み、ホルスの鶏冠を撫でる。

「さて……じゃあ、出発するとするか。行くぞ、メイリー」

「ん、了解」

アルマはメイリーと共に拠点を出て、倉庫の扉を開いた。倉庫の中には、縄でぐるぐる巻きにされたヴェインの姿があった。

「放せ、放すのだ！　吾輩を解放せよ！　吾輩は、吾輩は、この村の英雄であるぞ！　この拘束は不当である！　こんな真似をして、タダで済むと思うなよ！」

「安心しろ、断罪の時間だヴェイン。ハロルドと決着をつけたら解放してやる。もっとも、この村にはいられなくなるだろうがな」

ヴェインはアルマの顔を見上げると、目を細めて不吉な笑みを浮かべた。

「フ、グフフ……それは貴様の方であるぞアルマ。ハロルドは、貴様を潰す策があると言っていた。ハロルドはこの一件では、ほとんど動いておらんかった。それは元々、貴様に対してあれこれと行動する必要がなかった、ということである。最初からハロルドからしてみれば、貴様如《ごと》き、何ら障害にはなり得なかったということである。ハロルドは、吾輩以上に残忍《ざんにん》で計算高い男よ……！」

「残忍かどうかは知らんが、お前は計算高くも何ともないだろ……。行き当たりばったりで散々大《だい》迷惑《めいわく》掛けてくれやがって。お前みたいな奴は確かに敵にしたくないが、それ以上に味方にしたくないね。その点で俺はハロルドに同情する」

「いっ、言わせておけば！　後悔《こうかい》するのである、アルマ！　消えるのは貴様であるのだからな！」

ヴェインは縄で縛られたまま、村人二人に押さえつけられながら約束の広間へと向かうことになった。

「主様……ハロルドは何を仕掛けてくると思う？　流石にアイツの負債《ふさい》が大きすぎて、ハロルドも今更、主様に手出しはできないと思うんだけど」

「ハロルドには、最初から引っ掛かっていたことがある。アイツの言動には、破綻《はたん》という程じゃないが、違和感《いわ》が多い。そこ次第ってところだな」

「違和感？」

「ああ、アイツは如何にもヴェインと協力関係であり、肩入れしていることを匂わせていたが……その実、対立を煽っていただけで、まともに援護《えんご》を行っていた様子が、これまで一切ない」

「それって……ヴェインを叩いても、ハロルドを失脚《しっきゃく》させることは難しいかもしれないってこと？」

ハロルドがヴェインに露骨に援護を行ってくれていれば、ヴェインの追放に併《あわ》せてハロルドを失脚させることは容易であったはずだ。だが、ハロルドにそうした動きがほとんどなかったため、ヴェインの引き起こした事件から連帯責任を負わせることは難しい。

ヴェインに何か村での明確な企《たくら》みがあり、その点でハロルドと結託していたことはほぼ明らかである。それなりに腕の立つ錬金術師であるヴェインには、崩壊の見えている地方村を支援する以外にいくらでも仕事はあったはずなのだ。

強欲《ごうよく》なヴェインが、わざわざこの村に固執しているということは、何らかの具体的な利益がある。そしてハロルドがその一件に噛んでいる、それは間違いない。

だが、アルマにもまだ、それが何なのかは見えていなかった。そこを突けなければ、ハロルドはヴェインを切って逃げるだけだ。追い詰めることはできない。

「それもそうだが、俺は別の線も考えている。仮に最初からそっちが目的だったとしたら、ハロルドはとんでもない謀略家だ」

「ふうん……？」

メイリーはアルマの言葉を聞き、首を傾げる。

「ねぇ、主様、それってどういう……」

「なんだ、あちらさんはもう来てたのか」

広場には既に村人達が集まっており、ハロルドの姿もあった。ハロルドの周囲には、鎧を纏った部下が並んでいた。

「早めに来たつもりだったが、案外律儀《りちぎ》な奴だ。領主様相手に遅れたとなっちゃ、心象が悪くなるしな」

アルマの登場に、村人達が左右に分かれて道を作ってくれた。アルマとメイリー、そして拘束されたヴェインが、その道を歩む。

「悪いなハロルド、待ったかよ？」

ハロルドはアルマを見ると、無言のまま微かに笑みを浮かべた。

「ハロルド様っ！　吾輩の誤解を解いてくだされ！　違うのです、吾輩はこのアルマに嵌められたのです！」

ヴェインはおいおいと泣き出し、贅肉に塗れた己《おのれ》の顔面を汚《よご》す。憐《あわ》れを誘《さそ》う、甲高《かんだか》い声で訴える。

アルマは村人達に目を走らせる。ヴェインの様子を心配する者が少なからず現れているようであった。

「錬金術師より、役者の方が向いてるな、お前は」

アルマは溜め息を零す。

「よく聞くのだ！　このアルマはとんでもない極悪人《ごくあくにん》である！　必ずや村に不幸を齎すであろう！　吾輩を、吾輩を信じなくともよい！　だが、アルマだけはいかんのだ！　吾輩は、吾輩は、この村を救いたいっ……！」

ヴェインの演説が続く。

「……皆、下がっていてくれ。この場で僕が護衛をつけるのは、あまりに誠意を欠くだろう」

ハロルドは部下達に声を掛けた。

「ハロルド様……しかし、暴動が起きればどうなるか」

「構わない、とうに覚悟していたことだよ」

部下達は頷き、大きく退いてハロルドから離れた。それからハロルドはアルマやヴェインから目線を外し、村人達の方を向いて脚を畳《たた》んで座り、頭が地につく程に下げた。

村人達にどよめきが走る。

「ハロルド様……何を、なさっているのであるか？」

ヴェインが呆然とハロルドに尋ねる。

「皆に謝《あやま》らなければならないことがある。僕は……ここにいる錬金術師、ヴェイン殿と結託し、村の娘を奴隷として都市部に売る計画を立てていた」

「ハロルド様……？　ハ、ハロルド、おい、何をほざいているのであるか！」

ヴェインが怒鳴る。ハロルドは地面に頭をつけたまま、話を続ける。

「ヴェイン殿は、いずれ持ち出す奴隷売買の話が受け入れられやすいように、生活に余裕ができすぎないように調整していた。僕も、それを知っていて黙認し続けていたんだ」

「で、出鱈目である！　全てハロルドの作り話であるのだ！　し、知らぬ、吾輩はそんな話、欠片も知らぬぞ！　ハッ、ハロルドが、吾輩を貶めようとしているのである！　そんな根も葉もない話が、よく通ると思ったものであるな！」

静まり返った広間の中で、ヴェインの泣き叫ぶ声だけが響いた。やがて、地に頭をつけるハロルドを前に、村人達がぽつぽつと言葉を漏らし始める。

「ヴェインと手を組んで、村人を奴隷にしようとしてただと？」

「ど、どういうことだ……？」

「ハロルド！　信じてたのに、俺達を裏切ってやがったのか！」

ハロルドは頭を下げた姿勢のまま動かない。村人達から漏れ始めた疑問と不満の声はどんどん過激になっていき、怒声と罵声《ばせい》へと変わりつつあった。

「出鱈目である！　出鱈目であるぞ！　信じるな！　吾輩は無実である！」

ヴェインが必死に訴える声など、最早誰も聞いてはいなかった。

「なるほど、やっぱり、最初からそういう策だったのか」

アルマはハロルドを見つめながら呟く。

「主様、どういうことなの？　ヴェインの狙いが奴隷売買なのはわかったけど、ハロルドにここで真相を暴露《ばくろ》するメリットはないんじゃないの？」

メイリーは首を傾げ、アルマの顔を見る。

アルマは、最初からハロルドの言動にはずっと違和感を覚えていた。結果だけ切り取れば、言っていることとやっていることが正反対なのだ。

ここまでハロルドは、ヴェインの援護をほとんど行ってこなかった。それはヴェインとの関係性を薄くし、ヴェインが敗北した際に切り捨てるためのはずだと考えられた。だが、それをハロルドは、最後の最後のこの場面で、自《みずか》らヴェインと協力関係にあり、村人の奴隷化を企てていたことまで明らかにした。

「ハロルドは……最初から、ヴェインを道連れに沈むつもりだったんだろう」

「えっ？」

「ハロルドがヴェインの目的に本当に加担していたのなら、最初から俺を村に招き入れる必要はなかったんだ。ヴェインの目的を考えれば、外部の錬金術師なんて不確定要素でしかないからな」

「でもあのときは、ヴェインの信頼を高めるために使うって零してたけど……」

「ヴェインを納得させるためのただの方便だったんだろう。どう考えたって、デメリットの方が大きい。ハロルドが領主の権限を最大限に使って俺の行動を制限しにきていれば、確かに抑え込むことは可能だっただろう。だが、ハロルドは俺を招き入れてから、完全に放置していたからな」

その後にハロルドがやったことといえば、ヴェインに有利な舞台《ぶたい》で戦わせてやると口車に乗せて同じ土俵に立たせ、梯子《はしご》を外して追い込んだだけだ。最初から最後まで、ハロルドは徹底してヴェインを排除する方向で動いていた。

手段を選ばないヴェインと、村内で絶対の権力を持つハロルドが相手では、こんな一週間前後で決着をつけるなど、不可能だったはずだ。本来なら、アルマが村で拠点を築くことさえできなかっただろう。村に入り込み、ヴェインと正面対決する構図を作れたのは、全てハロルドの援護射撃があったからに過ぎない。

「でも主様、それなら最初からヴェインを入れなければよかったんじゃないの？」

「いや、ハロルドはヴェインを村に招く必要があった」

アルマは首を左右に振った。

「俺達を騙して利用していたんだな！」

「ずっと信頼していたのに、許せねぇ！」

村人の数名が足許の石を拾った。石礫《いしつぶて》の嵐《あらし》がハロルドを襲《おそ》う。アルマは地面を蹴り、ハロルドの前に立った。

「《アルケミー》！」

魔法陣が展開される。土が変形してせり上がり、盾《たて》となってアルマとハロルドを守った。

「ア、アルマ殿……」

ハロルドがアルマを驚いた表情で見上げる。

「アルマさん、何故そんな奴を庇うんだ！　そいつは、ハロルドは、ヴェインと手を組んで俺達を利用しようとしてやがったんだ！」

村の青年が声を荒らげる。

「冷静に考えろ！　ハロルドには、悪徳錬金術師と知っていても、ヴェインを招き入れるだけの理由があったはずだ。本当にハロルドが村を利用するつもりなら、こんなところで真相を暴露なんかするわけがないだろうが！」

村の青年がはっと表情を変える。

「まさか……」

「飢饉《ききん》と魔物災害の対策だ。恐らく、村の状態が手詰まりと踏んだハロルドは、ヴェインの計画に乗る振りをしてアイツを招き入れたんだ。真っ当な錬金術師を雇《やと》う伝手《つて》も余裕も、この村にはなかったからだ。そうだろ？」

アルマはそう大声で言ってから、足許のハロルドを見下ろした。ハロルドは苦悶の表情を浮かべながら、力なく頷いた。

マジクラの世界では、出没する魔物の種類や頻度《ひんど》が、場所や時期によって大きく異なる。比較的安全であった地が、それからもずっと平穏《へいおん》が続くかといえば、決してそうではない。それは魔物が月の魔力に由来する生き物で、月の公転や他の天体の引力の影響によって、この世界への月の魔力の当たり方が変動するためである。

……というのはマジクラの仕様のための設定であり、栄えている村や都市でも、プレイヤーが手を入れなければ簡単に滅んでしまうように調整されているためだ。平和な地にNPC達が拠点を築いても、いずれそこが魔窟《まくつ》と化すようになっている。

ゲームであればスリルと達成感のある調整だが、しかしこの世界は現実である。ヴェインを招いたのは、過酷《かこく》な状況に置かれつつあるこの村を懸命《けんめい》に守ろうとした、ハロルドの知恵だったのだ。

ヴェインが目を見開いて顔に深く皺《しわ》を刻み、憤怒《ふんぬ》の形相を浮かべる。

「ハロルド、貴様……！　最初から、この吾輩を利用していたのか！　計画に乗り気だった割に、あれこれと理由を付けて延期していたのは、そのためであったのであるな！　侮辱《ぶじょく》しおって！　ぶっ殺してくれるわ！」

ヴェインが吼える。

「……アルマ殿、貴殿がこの村に来てくださったのは、本当に思いもよらない幸運だった」

ハロルドは寂しげな笑みを浮かべ、アルマにだけ聞こえるようにそう口にした。

ハロルドは、敢《あ》えてヴェインの計画に乗った振りをして彼を招き入れることで、村が滅ぶ最悪の事態を避《さ》けようとしていたのだ。だが、アルマが来たことで、ヴェインが完全に不要になった。

しかし、そのときにはヴェインが村内で信頼や実績を築きすぎていた。ヴェインに心酔している者や、彼に雇われている者も大勢いた。

一方的に追い出せばヴェインの反攻に遭い、村が割れるような事態も有り得たはずだ。大事に至る前に、まず村からヴェインをゆっくりと引き剥《は》がす必要があったのだ。

そのためにアルマとヴェインをぶつけ、ヴェインから村人達が離れていくように仕向けたのだ。

そこには、アルマの人柄や実力を探《さぐ》る意図もあったのだろう。

元々ヴェインの真の計画を知っていたハロルドは、ヴェインが焦ればボロを出してくれることは想定できたはずだ。もっとも、ここまで綺麗に墓穴《ぼけつ》を掘ってくれるとは思っていなかっただろうが。

「だが、僕は、いよいよそのときが来れば、村から奴隷を出すつもりだった。ヴェインが村に余裕ができないように調整していたのを、黙認もしていた。僕を残せば、村に不和を生むことになる。アルマ殿、このまま僕を追放してくれ」

ハロルドは小声でアルマにそう漏らした。

アルマは顔を上げ、村人を見回す。

「おい、ハロルドの処遇《しょぐう》は俺に一任してもらいたい。構わないか？」

異論は出なかった。アルマは言葉を続ける。

「ハロルドは俺の監視《かんし》の下、以降も村の統治に尽くしてもらう」

村人達から不満の声は上がらなかった。アルマは今や村の英雄であるし、ハロルドの真意もまた村人達には伝わっていた。

「ア、アルマ殿……」

「俺に政務まで押し付ける気か？　人様に頼らず、自分でやれ。それに、優れた錬金術師ほど、正確に物の価値を測れるんだよ。恩を売った優秀《ゆうしゅう》な人材は、アダマントのインゴットに勝《まさ》る。ただで捨てるような、勿体《もったい》ない真似などするものか」

「ありがとう、アルマ殿……」

ハロルドは再び頭を深く下げた。

「ふ、ふざけるでないぞ！　ハロルドが無罪放免《ほうめん》であると！　そんなことが通るわけなかろう！　騙されるでない！　そ、そうである！　全てはハロルドが悪いのだ！　吾輩は悪くない！　バロルドがアルマと手を組んで、吾輩を嵌めようと仕組んだことなのだ！　何故わからぬ、愚図どもめ！」

「……さて、あいつの処遇だが、どうすればいい？　これまで散々悪さを働いてくれたわけだが」

アルマは泣き叫ぶヴェインへと、冷ややかな目を向ける。

「……ヴェインがいなければ、この村はアルマ殿が来る前に、とうに僕の至らなさのために滅んでいたはずだ。どういった思惑であれ、彼が村のために尽くしてくれ、それによって救われたことは事実なんだ。僕はそのことにはヴェインに本当に感謝している。だから、追放処分で済ませたいと、そう考えている」

ハロルドは静かにそう口にした。村人達も一部からは不満の声が漏れていたが、仕方がない、というのが過半数のようだった。

「ハ、ハロルド様……！　なんと慈悲《じひ》深き御方、このヴェイン、改心し、今後は貧しい人々のために尽くすのである！」

ヴェインがおいおいと泣き出す。アルマは唇を噛んで目を細め、ヴェインを睨んでいた。これだけ胡散臭い表情ができるのも一つの才能である。

「絶対嘘だよ。ねぇ、主様、ボクすっきりしない。丸焼きにしようよ」

メイリーがくいくいとアルマの裾を引く。アルマはメイリーの口を手で押さえた。

「案外、甘《あま》いんだなハロルド。ま、お前がそうしたいというのなら、反対はしないさ。お前はそれだけこの村を大事に思ってるってのは伝わった。その意思は尊重してやりた……」

「だけど、村に魔物を引き込んだのは別だ」

アルマの言葉を遮《さえぎ》り、ハロルドは冷たい口調でそう言った。

「おう？」

「ヴェイン、お前が昨夜、意図して村内に魔物を引き込み、アルマ殿に拘束されたことは知っている。放火、集落への魔物の引き込み、災害の誘発《ゆうはつ》、アンデッドの研究。この四つはどこの地でも、問答無用で重罪に当たる。元々都市部で暮らしていたお前が、知らなかったはずがない」

ハロルドの言葉に、ヴェインは見る見るうちに真っ青になっていく。

「違うのである！　吾輩ではない！　そ、そうである！　他の罪は全て認めるが、それは吾輩ではないのである！　おのれ、アルマめ！　くそう、あのときであるな！」

ヴェインはこれまで言っていたことを一転させ、アルマへ魔物の引き込みだけでも押し付けようとした。だが、もはや、ヴェインの言葉に耳を貸す者など、この場にいるわけがなかった。

「ヴェイン、お前が村に尽くしてくれたことに免じて極刑《きょつけい》だけは避けてやる。幸い、錬金術師には価値がある。他都市に事情を話し、終身犯罪奴隷として引き渡す」

「嫌である！　終身奴隷など絶対に嫌である！　何故吾輩が、そんな目に遭わねばならんのだ！」

ヴェインが必死に身体をくねくねと動かして訴える。

「ヴェインを倉庫に閉じ込めておいてくれ。明日には護送する」

ハロルドはヴェインを見もせず、部下へとそう命じた。屈強な鎧の兵がヴェインを取り押さえ、ハロルドの館へと運んでいった。

「お願いである、奴隷など、あまりにも惨《みじ》めである。慈悲を！　吾輩に慈悲を！」

「お前がこの村でやろうとしてたことだろ」

アルマは溜め息交じりに、ヴェインへとそう返した。

「お、恩人にこのような仕打ち！　必ずやこの村には天罰《てんばつ》が下るぞ！　ハロルドォ、アルマァ！　吾輩は、吾輩はこの村を呪《のろ》ってやる！」

「大人しくしていろ。無駄な暴力を振るいたくはない」

ヴェインはハロルドの館の方へと消えていった。こうして村でのヴェイン騒動《そうどう》は、完全に終着したのであった。

第三話　迷宮《めいきゅう》に眠《ねむ》る者

SAIKYOU RENKINJYUTSUSHI NO ISEKAI KAITAKUKI

1

ヴェイン騒動《そうどう》から三日が経過した。ヴェインは無事に終身犯罪奴隷《どれい》として都市部に送られた。アルマはハロルドに許可を取り、これまで以上に大々的に村の開発に着手できるようになっていた。

「いや、助かる。あんまりロックゴーレムを量産すると、怖《こわ》がる村人も少なくなかったんだ。ハロルドの許可があると言えば連中も納得《なっとく》してくれる」

この日、アルマは村の外壁《がいへき》工事に出ており、視察に来たハロルドも同行していた。

「……正直、僕《ぼく》もちょっと怖くなってきたのだけれど、まぁ、うん、アルマ殿《どの》が大丈夫《だいじょうぶ》だと言っているのだから、信じることにするよ。アルマ殿のゴーレムより、魔物《まもの》災害の方が遥《はる》かに危険なはずだからね」

ハロルドはやや引き攣《つ》った笑《え》みを浮《う》かべながら、二十体のロックゴーレムがせっせと石の壁《かべ》を築いていくのを眺《なが》めていた。

「だろ？　話の早い領主様で助かる。この調子なら、村全体を囲える日もそう遠くはないな。ロックゴーレムも魔力供給できれば継続《けいぞく》して何日でも動かせるから、エネルギー源になる魔石があると、村の警備もさせられるんだがな」

「ううん、魔石か……。悪いけど、この村にはあまり縁《えん》のない言葉だよ」

「ま、そりゃそうなるよな。最低水準の魔石でも、それなりの価格になる。おまけに、消耗《しょうもう》もそれなりに激しい」

今のロックゴーレムは、魔力が切れる度《たび》にアルマが魔力を付与《ふよ》して再起動している。だが、それはあまり長く持たない。ロックゴーレムに大きな魔力を蓄《たくわ》えさせる構造にはなっていないし、アルマ一人の魔力では何十体のゴーレムを継続して操《あやつ》り続けることはできない。

マジクラでは、高レベルのプレイヤーもそこまでずば抜《ぬ》けて魔力が高いわけではない。基本的に、レベルが高いほどにスキルが多く、できることが多くなるというだけだ。故《ゆえ》にプレイヤーの強さは生身ではなく、技能によって生成したアイテムと、本人の分身でもあるといえる拠点《きょてん》の質に依拠《いきょ》する。

ゴーレムに魔力容量と膨大《ぼうだい》な魔力を持たせるのには、魔力の塊《かたまり》でもある魔石を埋《う》め込《こ》むのが手っ取り早い。アルマの《天空要塞《ようさい》ヴァルハラ》にはちょっとした山が作れるくらいには魔石があったのだが、異世界転移の際に全《すべ》て失ってしまっていた。魔石を得るためには、ダンジョンにでも潜《もぐ》って採掘《さいくつ》を行うしかない。

「しかし、これだけの石壁と、アルマ殿の《タリスマン》がある。そう急いで警備用ゴーレムにまで気を回さなくてもいいんじゃないかと僕は思うんだけど、アルマ殿はそうではないのかい？」

「どれだけ警戒《けいかい》しすぎても、しすぎるってことはない。はっきり言ってこの世界は、どれだけ魔物対策しても滅《ほろ》ぶときは滅ぶもんだ」

あっさりと放たれたアルマの残酷《ざんこく》な言葉に、ハロルドは苦しげな表情を浮かべた。

「……そうだね。この村は今までずっとこれでやってきたから、僕もそういった感覚に少し疎《うと》くなっているかもしれない。都市部はどこも、高い壁を築き上げて、万全《ばんぜん》に住居を守っているからね。目前の食糧難《しょくりょうなん》が解決できたのなら、全力で魔物対策を講じるべきなのは、考えてみれば当然のことだったよ」

「ハロルド、言っちゃ悪いが、そういう都市部でも、滅ぶときはあっさりと滅ぶぞ。俺《おれ》は高い外壁が崩《くず》され、都市が燃やされる様を何度も目にしてきた。魔王や死神の行進《デスパレード》はなかなか発生するものじゃないが、もし今の状態でこの村がぶち当たったら、間違《まちが》いなく滅ぼされるだろう。来ない方に賭《か》けるにゃ、外したときの代償《だいしょう》が重すぎる」

魔王とは、そのまま魔物の王である。高い知能を持った魔物の中には、他《ほか》の魔物を統率《とうそつ》し、人里の蹂躙《じゅうりん》を企《くわだ》てるものが珍《めずら》しくない。そうした魔物の中で、都市一つをあっさりと滅ぼす力を有するものを、マジクラの中では魔王と呼んでいた。一般《いっぱん》的にイベントボスとして告知された末に登場するが、突然《とつぜん》ランダム生成されてＮＰＣの都市やプレイヤーの拠点を容赦《ようしゃ》なく焼き払《はら》うこともある。

死神の行進《デスパレード》とは、魔物が数十規模の集団を作って動く現象のことである。指揮するスキルを持った魔物が率いていたり、群れる性質を持った魔物が集まった結果であったりと、その理由は様々である。

当然死神の行進《デスパレード》も、群れる魔物によって危険度は大きく異なる。ＮＰＣの都市や中堅《ちゅうけん》以上のプレイヤーの拠点が壊滅《かいめつ》する理由の多くは死神の行進《デスパレード》である。魔物の質と規模によっては、それなりの熟練プレイヤーであっても為《な》す術《すべ》なく拠点を失うことが多い。

登録ユーザーがそれなりに多かったはずのマジクラがたった数年でサービス終了《しゅうりょう》に至ったのは、死神の行進《デスパレード》によって萎《な》えたプレイヤーが大量に出たため、というのも理由の何割かを間違いなく占《し》めていた。

それに、アルマは敢《あ》えてハロルドには伝えなかったが、更《さら》に大きな、対処困難な災害もマジクラにはあった。ＮＰＣの都市や中堅以上のプレイヤーの拠点が壊滅する理由のワースト一位、上位プレイヤーの悪戯《いたずら》心である。

彼《かれ》らの中には蟻《あり》の巣に水を流し込むが如《ごと》く、暇潰《ひまつぶ》しに都市を潰していくような者も少なくなかった。特に理由なく引き起こされる大災害によって滅んだ都市は数知れずである。マジクラの風物詩とまでいえるイベントとなっていた。

この世界では他にマジクラプレイヤーがいるかどうかはわからない。だが、この世界はマジクラの仕様を基に、そこから一つの世界として発展しているのだ。

当然、この世界の住人達《たち》はマジクラのＮＰＣよりも遥かに賢《かしこ》い。一人一人がこの過酷《かこく》な世界で懸《けん》命《めい》に生きようとした結果なのだろう。マジクラにはなかったゲームの仕様に基づき、そこから発展した新しい文明が生じている。

だから、現地の人間が錬金術《れんきんじゅつ》を極《きわ》め、上位プレイヤー化している可能性も、ないわけではないのだ。錬金術の腕前《うでまえ》だけならいざ知らず、ゲームプレイヤー程度の倫理《りんり》観しか有していない錬金術師が仮に存在するならば、間違いなくそれは最悪の敵になる。

本当にこの世界に、そんなものが存在するのかはわからない。それに、ハロルドにはまだ上手《うま》く説明できそうにないので、アルマはここでは口にはしなかった。しかし、そういうものがこの世界に存在するのならば、最優先で注意しなければならない。この村の現段階の発展度では、とても想定できる数々の災害には対応しきれない。

「……この村の現状については、僕の考えが甘《あま》かったよ。だけど、この村で取れる今後の対策はあるのかい？」

「無理だな、資源と資金が足りなすぎる。せいぜい石の壁をちょっと高くするのが限界だ」

「そうだよね……」

ハロルドが苦しげに漏《も》らす。アルマはニヤリと笑った。

「だから、資源を採ってくることにした。ちょっとばかり村を空けるぞ」

2

アルマは外壁の建造が一通り終わった後、拠点でエリシアと顔を合わせていた。

「お疲《つか》れ様です、アルマさん。外壁の作業、もう終わったのですね！　アルマさんのことだと、私もそうそう驚《おどろ》かなくなってきました」

エリシアが苦笑《くしょう》しながらそう漏らす。

「……ま、あんな外壁、この世界の悪意の前じゃ、ないよりマシって程度だけどな。今の俺には、圧倒《あっとう》的に資材が足りない。正直、現状でできることが少なすぎる」

「そんな、ご謙遜《けんそん》を。アルマさんでできることが少ない、なんて……」

「事実だ。錬金術師は資材あってこそのものだ。技量や知識があっても、必要な材料がなければ無意味だからな。だから俺は、資材の蓄えが欲《ほ》しい」

「なるほど……？　つまり、アルマさんはどうするおつもりなのでしょうか？」

「ダンジョンへ採掘に向かいたい。ここの近くには、《ゴブリンの坑道《こうどう》》と呼ばれるダンジョンがあるらしいな。エリシアなら、向かったことがあるとも聞いている。案内してもらっていいか？」

ダンジョンとは、マジクラにおいては魔物の巣窟《そうくつ》と化した地のことであった。多くは洞窟《どうくつ》のことであるが、地下遺跡《いせき》や、人が住まなくなり魔物の溜《た》まり場となった廃《はい》都市を示すこともある。

魔物は魔力に惹《ひ》かれる性質を持つものが多い。ミスリルやアダマントのような高価な鉱石は高い魔力を有しており、一部の魔物を引き付ける。そのため、高価な鉱石が眠っている地ほど、強力な魔物が潜《ひそ》んでいることが多い。

「そういうことでしたら、是非《ぜひ》お手伝いさせてください！　……ただ、昔向かった際には、浅い部分で少し採掘を行ってすぐに撤退《てったい》したので、中の案内はできそうにありません。高価な鉱石を得られれば、村が少しは裕福《ゆうふく》になると思ったのですが……」

「ダンジョンは、そこらの平原とは危険度は大きく異なるからな。ちょっと遠出するのとはワケが違う」

エリシアはアルマが最初に会ったとき、小鬼《こおに》の群れに襲《おそ》われて窮地《きゅうち》に陥《おちい》っていた。外を出歩いていてあの規模の魔物に目を付けられるのは不運であったといえる。

しかし、ダンジョンの中では、そのくらいの魔物の群れの襲撃《しゅうげき》は、当たり前のように発生する。ダンジョンは本当に危険なところなのだ。……もっとも、熟練のマジクラプレイヤーの中には、ダンジョン奥地《おくち》に平然と仮拠点を築いて何十日も籠《こ》もって資材を集め続ける猛者《もさ》もいるのだが。

アルマ達は準備を整え、早速《さっそく》出発することにした。無論、今回もメイリーは連れていくこととなった。力仕事はメイリー頼《だの》みが一番であるし、《ゴブリンの坑道》にどの程度のランクの魔物が出てくるのかも定《さだ》かではないのだ。

「頑張《がんば》ってきてくださいアルマさん！」

「俺は腕に覚えがあります！　人手が足りなければ言ってくださいね！」

出かける際に、十数人の村人が見送りに出てきてくれた。アルマは手を振《ふ》り、彼らに応《こた》える。

そのとき、村人達を掻《か》き分け、金色の鶏《にわとり》が飛び出してきた。無論ホルスである。

『アルマ様！　何故《なぜ》、何故このホルスめを置いていくのですか！　必ずやお役に立ちます！　是非お供させてくだされ！』

ホルスはアルマの目前で脚《あし》を止め、顔をぺたんと地面につける。

「ホルス、戦闘《せんとう》も採掘もできないいんじゃないの？」

メイリーが屈《かが》んでホルスへ声を掛《か》ける。

『そっ、そんなことはありませんぞ、メイリー殿！　それなりに戦える自負があります！　採掘は……よくわかりませんが、熱意は充分《じゅうぶん》にありますぞ！』

ホルスが顔を上げ、ばさばさと翼《つばさ》を動かす。

「連れていってやりたいのは山々なんだが……錬金工房《こうぼう》のことや、素材の在庫、俺の仕事の進行を細かく把握《はあく》できているのは、エリシアとホルスだけだからな。俺が不在の間に、錬金術のことでハロルドから何か尋《たず》ねられたり、村人から急ぎの用事で泣きつかれたりすることもあるかもしれん。それに、ホルスなら村に魔物が入り込んだときの対処も行える。悪いが、留守を守ってくれ」

それにホルスが村にいるだけで、ホルスの特殊《とくしゅ》なスキルによって、村全体の鶏の成長が促進《そくしん》され、卵の発生率も跳《は》ね上がるのだ。そういう面でも、ホルスにはなるべく村に残っていてほしかった。

『アルマ様にそこまで言われましたら、仕方ありませんな！　アルマ様の留守は、このホルスにお任せくだされ！』

ホルスが得意げに胸を張った。

「……ねぇ、もしかして主様《あるじさま》、ボクよりホルスを頼《たよ》りにしてない？」

メイリーがジトッとした目でアルマを見る。

3

村から丸一日掛けて移動した先に《ゴブリンの坑道》はあった。岩肌《いわはだ》の崖壁《がいへき》に、大きな亀裂《きれつ》が生じている。ここが《ゴブリンの坑道》の入り口の一つなのだという。

「こうリアルだと、ちょっと尻込《しりご》みしたくなるな」

アルマは言葉とは裏腹に、楽しげな笑みを浮かべていた。《魔法袋《ぶくろ》》に手を入れ、カンテラを取り出した。内部の蝋燭《ろうそく》に《ティンダー》のスキルで火を灯《とも》す。

《ゴブリンの坑道》は、別に採掘のために造られた坑道というわけではない。元々自然発生した洞窟であり、鉱石資源が豊富なために坑道と呼ばれているに過ぎない。採掘目的に人間が掘《ほ》った通路もないわけではないが、全体から見ればほんの一部である。いつ魔物の大群が押《お》しかけてくるかわからないダンジョンの中で、大掛かりな鉱山開発を行うことは不可能である。

「……アルマさんに言うまでもないかもしれませんが、気を付けていきましょう。ダンジョンの最大の脅威《きょうい》は、魔物ではなく道の複雑さであるとよく言います」

「間違いないいな」

エリシアの言葉に、アルマは頷《うなず》いた。

ダンジョンの道の複雑さは生半可ではない。何せ暗がりの細い道で、似たような場所が幾《いく》つも続くのだ。右に行ったり左に行ったり、上がったり下がったりの繰《く》り返しだ。

さほど広いダンジョンでなくても、同じ場所をぐるぐると回らされて食糧が尽《つ》き、焦《あせ》ったところを魔物に囲まれて殺される、なんて、ほぼ全てのマジクラプレイヤーが一度は通る道であった。

「ダンジョンに潜るときには、どれだけ面倒《めんどう》でも、目印の設置と地図の作製を忘れてはならない。

祖父がよく口にしていた言葉です」

エリシアの祖父の忠言は、マジクラプレイヤー達の間でもよく言われていたことだったからだ。プレイヤー達は死んで覚えるが、この現実化した世界ではそうはいかない。故に、先人達の言葉を必死に伝達しているのだろう。

「ま、安心してくれ。俺もダンジョンには、それなりの回数入ってきたつもりだ。迷子《まいご》対策が一番大事なのも、身に染《し》みて理解している。怠《おこた》って死にかけたこともあるからな」

「やっぱりそうなのですね。アルマさん程《ほど》の錬金術師であれば、ダンジョン探索《たんさく》も慣れているのだろうとは思っていました。信頼《しんらい》しておりますね」

アルマとエリシアが楽しげに話していると、メイリーがぷくっと頬《ほお》を膨《ふく》らませる。

「……でも主様、まともに攻略《こうりゃく》するより、外からダンジョン丸ごと更地にした回数の方が多いんじゃないの？」

「ダンジョンを丸ごと更地に……？」

エリシアの目が点になっていた。アルマはさっとメイリーの口を押さえた。

「な、何を言ってるんだメイリー！　誤解を招くような言い方はやめろ」

「もっ、もがっ、だ、だって、本当だもん！」

確かにそういったことがあったのは事実であった。爆弾《ばくだん》で吹《ふ》っ飛ばしたり、《天空要塞ヴァルハラ》から巨大《きょだい》ドリルを展開させてダンジョン丸ごと貫通《かんつう》したりということはあった。

「いいか、メイリー、俺は滅多《めった》にそんな手段は取らない！　普通《ふつう》にダンジョンを攻略したことの方が多い！　派手だがそこまで効率はよくないし、俺は元々周囲の馬鹿《ばか》にブレーキを掛ける穏健派《おんけんは》だったんだからな」

「め、滅多に……？」

エリシアが点になった目を瞬《しばたた》かせ、若干《じゃっかん》その場から身を退いてアルマから距離《きょり》を取っていた。

「わ、悪い、メイリーなりの冗談《じょうだん》なんだ。ははは……」

アルマは仏頂面《ぶっちょうづら》のメイリーを押さえつけたまま、そう口にした。

「頼むから、余計なことは言わないでくれ」

アルマは声を潜めてメイリーへと言った。メイリーは頬を膨らませたまま、アルマをジトッとした目で睨《にら》む。

「……だって主様、エリシアとばっかりお喋《しゃべ》りして、ボクに構ってくれないんだもん」

「こ、この、猫《ねこ》気質の我儘《わがまま》竜《りゅう》め……」

アルマは《魔法袋》から、《アダマントのツルハシ》を取り出して構えた。深紅《しんく》の刃《は》が不気味に輝《かがや》く。

「さて、突入前に最後の下準備といくか」

そのまま《アダマントのツルハシ》を振るい、入り口近くの岩壁を殴《なぐ》った。岩壁に罅《ひび》が入る。

「そして《ブレイク》！」

岩壁の殴りつけた箇所《かしょ》が崩れ、《ブレイク》の効果で均一な石の欠片《かけら》になっていく。そのまま二振り目、三振り目と繰り返し、石礫《いしつぶて》の山を築いた。

「ここで採掘を行うんですか？」

「いいや、俺一人で採掘しててもキリがないからな。これを使う」

アルマは《魔法袋》に《アダマントのツルハシ》を仕舞《しま》い、代わりに金属と水晶《すいしょう》が組み合わさった球状のアイテムを取り出した。そして石礫の山へと投げる。

「これは《ゴーレムコア》ってアイテムだ。《アルケミー》！」

《ゴーレムコア》を中心に石礫が集まり、変形してゴツゴツとした表面が若干滑《なめ》らかになる。あっという間に岩肌の大柄《おおがら》な人形になった。

「これでロックゴーレムの完成だ。大雑把《おおざっぱ》な作業は、こいつらに任せた方が早い」

「お、おお……。凄《すご》く頼り甲斐《がい》がありそうですね」

「こいつら、足が遅《おそ》いからな。現地で造った方が楽だ」

アルマは同じ手順を繰り返し、四体のロックゴーレムを用意した。その後、大きな鉄製のツルハシを四つ取り出し、ロックゴーレム達に渡《わた》した。

「頼むぞ、ロックゴーレムども。村内で無理言って、どうにか手に入れた貴重な鉄なんだからな」

準備が整ってから、四体のロックゴーレムを率いて《ゴブリンの坑道》の入り口へと向かう。

「よし、これで万全だな。魔物は頼むぞ、メイリー」

「しかし、四体も必要だったのですか？　アルマさんなら、あの真っ赤な綺麗《きれい》なツルハシもありますし、錬金術師のスキルもありますから、そこまで採掘に手間は掛からないのでは……？」

エリシアが首を傾《かし》げる。中を進んでいくと、早速左右に分かれている道があった。エリシアは鞄《かばん》から紙とインクを取り出した。

「アルマさん、地図は私に任せてください！　アルマさんもご存じかもしれませんが、ダンジョン探索には、効率的に深くまで潜れるマーリン法や、分岐路《ぶんきろ》を確実に把握して迷子のリスクを減らすベリア法、帰路が単純になるように動くレイゼン法が主流です。何かそういった方針があれば、教えていただけると私も地図を取りやすいです」

エリシアがぐっと握《にぎ》り拳《こぶし》を作る。

「ず、随分《ずいぶん》と気合いが入っているな」

どれもアルマでさえ聞いたことがない方法だった。恐《おそ》らく、この世界が現実化した際に、住民達がマジクラの複雑なダンジョンに抗《あらが》おうと編み出した方法なのだ。

「ええ、お役に立てるように改めて下調べしてきましたから！　都市の迷宮士のように、上手くはいかないと思いますが……」

「迷宮士……？」

アルマは眉《まゆ》を顰《ひそ》めた。

「……ご存じないのですか？　パーティーがダンジョンで迷子にならないように、仲間を指揮する冒険者《ぼうけんしゃ》のことですよ。戦闘能力を持たなくても一流のパーティーから頼られるような、伝説の迷宮士も都市にはいると、そう聞いたことがあります」

「な、なるほど……」

この世界の住人にとって、ダンジョンでの迷子はプレイヤー以上に死活問題である。少しでも生存率を上げるため、そのような役割にも需要《じゅよう》が生じているのだろう。不安げにアルマを見るエリシアに、彼は罪悪感に似た感情を覚えていた。

「主様、戸惑《とまど》ってる」

メイリーは珍しいアルマの様子を、ニヤニヤしながら見守っていた。

「ア、アルマさん、その……」

「ま、まぁ、俺には俺のやり方がある。ここは任せてくれ」

「ですが……」

アルマは《アルケミー》で、土製の台車を造って地面に置いた。

「ロックゴーレム、中央に道を掘ってくれ。邪魔《じゃま》な土や石は、使わない通路に捨てておけ。道を塞《ふさ》げば、魔物が来るのを防げるしな」

四体のロックゴーレムは頷き、左右の通路を無視して中央に並んで立ち、一斉《いっせい》に穴を掘り始めた。

ロックゴーレムの馬鹿力の前に、どんどん新しい通路が延びていく。

エリシアはぽかんと口を開けて、ロックゴーレムの掘り進んだ通路に目を向ける。

「エリシア……悪い、先に言うべきだったな。地図は作製しなくていい。俺は万が一にも迷子になるのが怖いから、曲がり角は曲がらない。ああしてれば、そのうちまた直進通路にも出るはずだ」

「そ、そうですか……」

エリシアはすごすごと、取り出した地図とインクを仕舞った。

4

《ゴブリンの坑道》入り口付近で息を潜める、二人の男の姿があった。彼らは二人組の盗賊《とうぞく》である。魔物の蔓延《はびこ》るダンジョンに潜み、腕利《うでき》きの冒険者達を襲撃する。生活苦で盗賊に堕《お》ちた弱者達とは一線を画する、生粋《きっすい》の略奪者《りゃくだつしゃ》であった。

鉱物に興味はない。狙《ねら》いは、鉱物狙いの冒険者である。

二人組の片方は、ギオンという金髪《きんぱつ》の男だった。獣《けもの》のような三白眼をしており、武器として三本のダガーを腰《こし》に差していた。

ギオンは元々、都市部の権力者が孤児《こじ》を用いて育てた暗殺者であり、暗殺者のスキルに長《た》けている。組織を裏切って逃走《とうそう》してからは悪事を繰り返しながら拠点を転々としており、既《すで》に十年が経《た》っていた。

もう一人はシェルバという、眼鏡を掛けた黒髪《くろかみ》の男だった。小綺麗《こぎれい》な礼服姿で、三日月を思わせる、人間味の薄《うす》い無感情な糸目が特徴《とくちょう》的であった。一流の剣士《けんし》であったが人を試《ため》し斬《ぎ》りする悪癖《あくへき》があり、都市部にいられなくなった元冒険者である。

ギオンもシェルバも、二人とも多くの都市から指名手配されている。特にギオンは《闇《やみ》の手ギオン》と恐れられており、その実力はS級冒険者にも匹敵《ひってき》するとされていた。S級冒険者は、都市部で最上位格の冒険者に贈《おく》られる階級である。

ギオンは口端《こうたん》を歪《ゆが》め、犬歯を覗《のぞ》かせる。

「来た、来たァ……二つ、三つ。冒険者の足音だ。狩《か》りの時間だぜ」

ギオンは暗殺者の《聞き耳》のスキルを有していた。このスキルは常人よりも遥かに聴覚《ちょうかく》が鋭《するど》くなる。

ダンジョンに入る前から、足跡《あしあと》や食糧の残骸《ざんがい》など、人の痕跡《こんせき》は一切《いっさい》残さないようにしている。また、ギオンは集団の気配を隠《かく》すスキル《アビスハイド》も有している。訪《おとず》れた連中が自分達に気づけるわけがなかったたし、その様子もない。

「ギオンさん、どう仕掛けますか？」

シェルバが尋ねる。

「キヒヒ、いつも通りの手順でやる。いいか、入り口からここに来るまでに、一か所の分岐路があった。連中がこっちに向かってくるなら、隠れて不意打ちする。そんで、もしも反対側に行ったのなら、追跡して追いつめる」

「なるほど、承知しました。しかし、味気なく終わってしまいそうですね、たまには正面戦闘も悪くないのですが」

「フッ、戦闘狂《きょう》め。だが、オレ様が楽しみたいのは、あくまで狩りなんでなァ。鳥一羽を殺すのに、わざわざ正面に立ちはしねぇだろォ？　もっとも……正面戦闘になったとしても、オレ様が負けるとは思わねぇがなあ」

「もっともです、ギオンさん。直接戦闘で貴方《あなた》に勝てる冒険者が、この大陸にいるとは思えない。

だから私も、貴方に従っているのですから」

ギオン達はしばらく気配を殺して待っていた。しかし、対象は立ち止まり、それきりなかなか動く気配を見せなかった。

「なんだ、揉《も》めてんのかァ？　こっちに気づいたとは思えないが、入り口を変えるつもりかもしれねェ、一応動く準備を……」

ギオンの声を遮《さえぎ》り、ドゴッ、ガツッと、激しい轟音《ごうおん》が響《ひび》いてきた。《聞き耳》を研《と》ぎ澄《す》ませていたギオンは轟音に鼓膜《こまく》を揺《ゆ》さぶられ、額に皺《しわ》を寄せて頭を押さえる。

「うぶっ……な、なんだァ、突然」

「ギオンさん、この音は……？」

「チッ、知るか。動いてはねェよ、まだ待機だ。ああ、気分が悪い。この苛立《いらだ》ちは、連中で発散させてもらうとするか」

ギオンは舌舐《したな》めずりし、通路の先を睨む。

「採掘にしてはデカイ音だったが……」

そのとき、さっきまでよりも一層苛烈《かれつ》に、轟音が響いてきた。それも、全く収まる気配がない。とんでもない剛力《ごうりき》で何度も壁を殴りつけているような音だった。明らかに一人ではない、複数人が壁を殴りつけている。

「ギオンさん……これは？」

「ほう……どうやらゴーレムみてェだな。連れてきてはなかったから、この場で即席《そくせき》に造ったのか、大した奴《やつ》だ。面白《おもしろ》い。なんで入り口で動かしているのかは知らねェが、まァ、どうでもいいことだ。すぐにわかるだろう」

「あの、何か嫌《いや》な予感がするのですが……。何をしたいのかはわかりませんが、普通ではありませんよこれは。逃《に》げた方がよろしいのでは？」

「ハッ、冒険者十人殺しが、案外ビビリなんだなァ、シェルバ。ククッ、いいねェ、いいねェ、最近楽な雑魚《ざこ》ばっかりで萎えていたところだ」

シェルバは連続的に響く轟音に嫌なものを感じ取っていたが、しかしギオンはそれさえも面白いと笑う。

「ククク、さて、向こうさんが動くまでは、こっちも様子を見させてもらうか」

「………あの、ギオンさん、盛り上がっているところ悪いのですが、私は撤収させてもらっていいですか？　昔から、ここ一番での嫌な勘《かん》が当たるんですよ。子供の頃《ころ》、家にどうしてもいられなくなって外に出ると、火事になったことがあるんです」

「アァ？　何馬鹿なこと言ってやがるんだ、萎えること言うんじゃねェ。お前をここで殺してやろうか」

ギオンは目を見開き、シェルバを睨む。シェルバは眉間《みけん》を押さえて息を吐《は》きだし、それから口を噤《つぐ》んだ。

ギオンはどんなに些細《ささい》なことであろうと、気に喰《く》わないと思えば簡単に相手を殺す。彼に同行しているシェルバは、そのことをよく知っていた。

「……ギオンさん、ギオンさん、何故だか蕁麻疹《じんましん》が出てきました。これは相当です。あの、やっぱり止《や》めた方がいいのでは」

知っていたつもりだったが、自身の身体《からだ》の急激な不調に、シェルバは現状への恐怖《きょうふ》が勝《まさ》った。

「おい、静かにしろ。四体のゴーレムがこっちの通路に来る」

「えっ」

「偵察《ていさつ》のつもりか、慎重《しんちょう》な奴だ。だが、面白れェ。奥に隠れるのもいいが、ここは迎《むか》え撃《う》ってやろう。逃げられる前に、退路を塞《ふさ》がねぇとなァ。ここの通路はゴーレムが何体も並べるほど広くねェ、脇《わき》を潜《くぐ》り抜けてゴーレムの主を叩《たた》くぞ！」

「ま、待ってください！」

シェルバは先行したギオンを追い掛ける。そして角を曲がったところで見えた光景に、目を見開いた。

「……あれっ？」

あったはずの通路が、土砂《どしゃ》や石によって塞がれている。微《かす》かに開いた小さな穴の先では、四体のゴーレムが台車をひっくり返して壁を埋めていくのが見えた。

「な、エリシア。こうして余った石で通路を埋めておけば、魔物に背後から襲われるリスクが下がるというわけだ。道もシンプルになるから、ダンジョンに入る他の人間にも優《やさ》しい。これで帰りは出口まで綺麗な一本道で済む」

「なるほど……しかし、この奥に冒険者がいたら大変なことになるのでは？」

「いや、先に人が入った形跡がないのは確認《かくにん》済みだ。さて、魔物が暴れて崩すかもしれないから、一応《アルケミー》で壁を補強しておこう」

何者かの声が穴の奥から響いてくる。

「帰りの出口が⁉」

シェルバは大声で叫《さけ》んだ。ゴーレムは容赦なく、僅《わず》かに開いていた穴を土砂によって完全に埋めてしまった。

「おっ、おい、開けやがれ！　クソが、ブッ殺してやる！」

ギオンは声を荒《あら》らげて土砂の塊を叩く。手の感触《かんしょく》に、ギオンは蒼褪《あおざ》める。明らかに壁が、何らかのスキルによって固められている。それに響く音からして、ゴーレムがどんどん壁を厚くしているのは明らかだった。

「奴ら、オレ様を生き埋めにするつもりか！」

「あ、ああ、ああああああ！　だから言ったんです！　だから言ったんです！　ど、どうしましょう、私もギオンさんも、分厚い壁を破壊《はかい》するようなスキルはありませんよ！　見てください、私こんなに蕁麻疹出てたのに、どうして引き留めたんですか！　あのとき出てれば、こんなことには！」

ギオンはしばらく前方を睨んでいたが、すぐに壁へ背を向けた。

「……他に表に出られる道を探すしかねェ、体力があるうちに行くぞ」

「む、無茶です！　ダンジョンがどれだけ入り組んでいると思っているのですか！　元冒険者の私には、それがどれだけ無謀《むぼう》なことなのかわかります！　あるかどうかも怪《あや》しい出口を探すなんて！」

「それしかねェだろうが、ぐちゃぐちゃ文句言うんじゃねェ！　奴ら……オレ様に気づいて、あろうことか、通路を埋めて弄《もてあそ》びやがった！　時間を掛けて通路を埋めるより、もっと確実にオレ様を殺す手段はいくらでもあったはずだ。オレ様を舐《な》めやがった奴は、絶対に許さねェ。オレ様は、耳はいいんだ。イカれ錬金術師め、声は覚えたぞ……！　このふざけた真似《まね》は、高くつくぞ！」

ギオンはそう叫び、ダンジョンの奥へと走っていく。シェルバは慌《あわ》ててその後を追いかける。

「ま、待ってくださいギオンさん！　ダンジョンで無計画に動くのは、自殺行為です！」


――かくしてアルマは、無自覚のうちに盗賊二人組の撃退に成功したのであった。

5

アルマ達はロックゴーレムが掘り進んだ道を直進し、通路に抜ければそこからまた真《ま》っ直《す》ぐに進み、壁に当たれば再びまた突《つ》き進んだ。たまに固い壁にぶち当たれば、アルマが《アダマントのツルハシ》を使って罅を入れたり、《アルケミー》の力で柔《やわ》らかく変質化させたりして悠々《ゆうゆう》と突破していった。掘り進んだ道には、道中で集めた鉱石を積み込んだ、収納箱が並べられていた。

「す、凄い効率ですね……」

「いや、思ったより遅いな。ロックゴーレムじゃ、ちょっと無理があったか？　そろそろ坑道内に出張錬金工房を造って、鉄製のゴーレムを増やすのはアリだな。ロックゴーレムとアイアンゴーレムじゃ、作業効率が全然違う」

アルマ特製の《ゴーレムコア》を用いているとはいえ、ゴーレムの質を最も左右するのは素材であった。そこらにある岩を固めただけのロックゴーレムでは限界がある。

「ええ……既に《ゴブリンの坑道》を滅ぼしそうな勢いなのですが……」

……ただ、無論、エリシアから見れば、現時点でとっくにやりすぎなくらいであった。

エリシアは直進通路を振り返り、収納箱の列を見る。中には鉄鉱石を中心に、様々な鉱石が詰《つ》め込まれていた。既に村内にある鉄の総量を超《こ》えていそうなくらいには集まっている。

「あの、どうやって持ち帰るのですか？」

「帰りはいくらでも素材があるからな。俺は錬金術師だ、素材があればどうとでもなる」

「なるほど……？」

そうこうしているうちに、ロックゴーレム達の掘り進んでいた道が、また通路へと開通したようであった。アルマはロックゴーレム達の横を抜け、カンテラで周囲を照らす。通路というより、大部屋であった。

「お、早めに当たり場所を引いたぞ、運がいい。こういう場所が欲しかったんだ」

天井《てんじょう》や壁にも、ちらほらと鉱石が散らばっている。ダンジョンにはよく、こういう当たり部屋が存在する。冒険者を誘《さそ》い込むための餌《えさ》のようなものである。レアな鉱石こそ見当たらなかったが、用途《ようと》の多い鉱石が数多く埋まっていた。

「……しかし、鉄クラスばっかりか。［ランク：4］くらいのが、そろそろ出てきてもいいと思ってたんだが」

マジクラにおいて、鉱石には明確な階級差がある。鉱石によっては帯びている魔力量の桁《けた》が違う。何の鉱石を素材にしたかでできることは全く異なるし、防具の頑丈《がんじょう》さや武器の鋭さも変わってくる。

例として、鉄であれば［ランク：2］、銅であれば［ランク：3］となっている。ランク毎《ごと》の幅《はば》は大きく、剣一本打てる程度の体積であれば、鉄で五万ゴールド、銅で二十万ゴールドにもなる。

錬金術師が強い力を持つこの世界では、金属の価値が高い。この世界では金属の近くには魔物が潜んでいることも多く、それも金属の価値を高める一因となっていた。

因《ちな》みにアルマが愛用しており、《天空要塞ヴァルハラ》に敷《し》き詰めていたアダマントは［ランク：10］である。一般人では生涯《しょうがい》拝むことさえできない価値があり、欠片を手に入れるだけで人生が変わるとされている。

「おおっ！　ダンジョンの中には、こういうところがあるのですね。これだけの鉱石があれば、これ以上無理に掘り進める必要はないのではありませんか？」

エリシアは大部屋を見回し、感嘆《かんたん》の声を漏らす。

「この辺りの鉱石が手に入るのはありがたいんだが、俺が今一番欲しいのは、魔石や月鳴石《げつめいせき》なんだよなぁ。確率的にはそろそろどっちか出てきていい頃なのに、これが物欲センサーか」

欲しい物ほど、不思議と出てこない。マジクラプレイヤー達が何度も口にしてきた言葉である。

「ま、当たりの大部屋を引いたのは幸運だった。これで次の段階に進める。早速露天掘《ろてんぼ》りに着手するか」

アルマはパチンと指を鳴らす。

エリシアはアルマの発した聞きなれない言葉に眉を顰める。何となく、嫌な予感がしていた。

「露天掘り……？」

「ああ、直進掘りは、露天掘りのための下準備だ」

アルマはロックゴーレムを指揮し、四体を大部屋の中央に集める。大部屋の大部分を用いて、床《ゆか》に大きな渦《うず》を描《えが》くように掘らせていった。

穴は漏斗状《ろうと》になっており、中心部が大きく窪《くぼ》む形になるように掘っていく。これはロックゴーレム達が台車を押して登りやすくしているのだ。

マジクラでは、ダンジョンの深部にランクの高い鉱石が眠っていることが多い。それを求めて数多《あまた》のプレイヤー達が迷子になり、諦《あきら》め悪く餓死《がし》寸前まで徘徊《はいかい》しては、魔物に嬲《なぶ》り殺されていった。

そのうちに、プレイヤー達は知恵《ちえ》をつけた。中堅以上のプレイヤーであれば、馬鹿正直に複雑なダンジョンを攻略するより、レア鉱石の出やすい奥まで直進して、露天掘りに適した大部屋に繋《つな》がったらゴーレムを用いて真下へ掘り進んだ方が遥かに効率的であると気が付いたのだ。

一見面倒だが、それくらいマジクラのダンジョン迷路《めいろ》が厄介《やっかい》なのだ。一進一退しながら魔物の群れと戦うくらいなら、ゴーレムの馬鹿力で掘り進めた方が遥かに効率がいい。どうせいつかはダンジョンの一部と合流する。

そうして編み出された手法の完成形が、現実にある採掘手法である露天坑井法《こうせい》を元に考案された、ゴーレムホール迷宮掘削法《くっさく》である。発案者である伝説の掘削錬金術師こと蜜柑饅頭《みかんまんじゅう》は、アルマも一目置いている有名プレイヤーであった。

ゴーレムホール迷宮掘削法の発案の他に、地表からの深さ別における鉱石の出現分布の一覧表や、それに基づいた、更に細かい効率的な掘り方の手順を公開していた。最も他プレイヤーから称《たた》えられ、同時に最も運営から嫌《きら》われているプレイヤーであるとされている。

蜜柑饅頭の功績のお陰《かげ》で、マジクラ後期において真面目《まじめ》にダンジョンに挑《いど》むのは、低レベルプレイヤーか、ネットでの下調べを怠ったプレイヤーくらいであった。ごく一部の蜜柑饅頭に対するピンポイント対策のなされた高難易度ダンジョン以外は、真っ直ぐ掘って真下に突き進むのが最適解となっている。

「よーし、いいぞ、ゴーレム達。ダンジョン探索は終わったようなものだな。さて、後は魔物対策でこの大部屋の分岐路を埋めていって、その後はゆっくりさせてもらうか」

アルマはそう口にすると、欠伸《あくび》を漏らし、大きく背を伸ばした。エリシアは腑《ふ》に落ちない表情で、ゴーレム達の掘った穴を見下ろす。

「……私の知っているダンジョン探索じゃない」

6

ロックゴーレムが掘り進んでいる間、アルマは大部屋を拠点へと造り替《か》えていた。気になる鉱石を採掘し、邪魔な分岐路を余った土砂で埋めていき、壁や床を平らに均《なら》していく。余った土砂は邪魔にならないように収納箱の中に詰めていく。

また、採掘で得た鉱石を用いて、錬金炉《ろ》を造った。壁にも一定間隔《かんかく》でランプを並べ、ロックゴーレム用のツルハシの予備も作製しておいた。ロックゴーレムが馬鹿力で使い続ければ、如何《いか》にアルマの作製したツルハシとはいえ、すぐに駄目《だめ》になってしまう。

錬金炉で鉄鉱石を溶《と》かし、追加で二体のアイアンゴーレムを完成させた。アイアンゴーレムはツルハシを受け取ると、のっそのっそと、漏斗状の穴を下へ降りていく。

アイアンゴーレムならば、ダンジョン深部の岩盤《がんばん》でも簡単に殴り壊《こわ》すことができる。一気に効率が跳ね上がるはずだった。

「よしよし、これで設備は万全だ。俺の採掘拠点にするか！　また金属が足りなくなったら、ここに来ればいい。他の奴が入ってこられないように、壁を固めて、錠前《じようまえ》付きの扉《とびら》も用意しておこう」

「ダンジョン探索とは……？」

エリシアは相変わらず、複雑な表情で、どんどん深くなっていくゴーレムホールを見下ろしていた。

「魔石が手に入れば、同時に稼働《かどう》できるゴーレムの数も一気に増える。《ゴブリンの坑道》全体を掘り潰せる日も遠くないぞ。ようやくマジクラらしくなってきた」

「…………」

マジクラの世界では、昨日まであった山が明日もあるとは限らない。上位プレイヤーがその気になれば、一晩で平らにするからだ。特に上位プレイヤー同士が本気で抗争《こうそう》すれば、大都市どころか、地形が大きく変形することもよくある話であった。相手の拠点を潰すより、拠点を支える地表をこの星から消し飛ばした方が早いからである。

マジクラ内では、三度大陸が水面に沈《しず》んだことがある。マジクラの戦争とは、そういうものなのだ。

「それなりのレア鉱石なら、いくらでも手に入るはずだ。喜べメイリー、前みたいに毎日《ミスリルのインゴット》が食えるぞ！」

「本当⁉ またお腹《なか》いっぱい、ミスリル食べていいの！ ボク、主様のこと愛してるぅっ！」

メイリーは満面の笑みを浮かべ、アルマへと抱《だ》き着く。

「現金な奴め」

アルマはメイリーの様子に苦笑する。

因みにミスリルは［ランク：7］の鉱石に当たる。片手で持てる鋳塊《ちゅうかい》サイズで、五百万ゴールド前後の値で取引されることが多い。

「……アルマさんに常識は通用しないと、よくわかりました。いえ、出会った頃からわかっていましたが、日に日に更新《こうしん》されていくような気がします」

エリシアが額を手で押さえてそう零《こぼ》した。

そのとき、突然爆発音が響き、周囲が大きく揺れた。

「きゃあっ！」

エリシアがその場に倒《たお》れそうになり、アルマはその手を引いて助けた。

「あ、ありがとうございます、アルマさん。この振動《しんどう》で、よく平然と立っていられますね……」

エリシアがアルマを見上げれば、彼はもう一方の手で翼をがっしりと掴《つか》んでいた。メイリーは何にも支えられずとも、あっさりとその場に棒立ちしている。

「主様ー、ボク、あんまり翼、鷲掴《わしづか》みにしてほしくないいんだけど」

「悪い悪い、咄嗟《とっさ》のことだったからな」

「や、やっぱりメイリーさん、お強いんですね……。しかし、今の振動は？」

エリシアはゴーレムホールに目を向け、底が抜けていることに気が付いた。ゴーレムが二体落ちたらしく、数が四体しか残っていない。

「下に大きな空洞があって、繋がってしまったんでしょうか？」

「……いや、それは当然、警戒してた。どうやら、下から何かぶち当てられたらしい。恐らく、炎《えん》弾《だん》だ。ってことは、竜種だな」

「ドッ、ドラゴンですか⁉」

エリシアは目を見開いた。

「ああ、直下掘りはレア鉱石を見つけられるが、運が悪いと面倒な奴にぶち当たるデメリットがある。それでも、こんなダンジョンちょっと掘ったくらいで、ドラゴンがいるとは想定外だったがな」

アルマは面倒そうに目を細め、首を振った。

「ちょっと掘ったくらい……？」

「ま……どうせ、大したドラゴンではないだろ。さっさと倒して、採掘を再開するか。まだまともに魔石が集まっちゃいないんだ」

「た、大したことのないドラゴンはいないと思うのですが⁉　アルマさん、これ、早くこの場から離《はな》れた方がいいんじゃや……」

下に開いた穴から、大きな瞳《ひとみ》がアルマ達を睨んだ。その魔物と目が合った瞬間《しゅんかん》、アルマも欠伸を止め、目を見開いた。

「う、嘘《うそ》だろ……？　なんでこの程度のダンジョンで、あいつが出てくるんだ？」

アルマが声を震《ふる》わせる。その声色《こわいろ》には、明確な驚愕《きょうがく》の感情があった。

「ア、アルマさん？　どうなさったのですか？」

アルマの珍しい表情に、エリシアは不安げに尋ねた。

『おのれ、下等種どもめ……よくぞ、この我の眠りを妨《さまた》げてくれたな。何度も何度も、不快な音を響かせ、我《わ》が寝床《ねどこ》に響かせた罪……万死に値《あたい》する』

地下奥底から、恐ろしい憎悪《ぞうお》の込められた《念話》が放たれる。再び爆音が響き、下に開いていた穴が広がった。アルマ達の高さまで、蒼の炎の飛沫《しぶき》が飛び交《か》った。

残っていたゴーレム達も下に落ちていき、ドラゴンの姿の全体像が明らかとなる。全長八メートル前後の巨大な魔物であった。蒼く、透《す》き通った体表をしている。

落下したアイアンゴーレムの一体が、蒼に輝くドラゴンの手に容易《たやす》く握り潰されていた。

「に、逃げない、と……」

エリシアは茫然《ぼうぜん》と呟《つぶや》く。その後、ドラゴンと目が合い、腰が抜けてその場に崩れ落ちた。

『逃がしはせんぞ、愚《おろ》かな下等種ども！　我が炎の前に朽《く》ち果てよ！』

ドラゴンが再び《念話》を放ち、同時に咆哮《ほうこう》を上げた。

「なんでこの程度のダンジョンに、ボーナスドラゴンがいるんだ！」

アルマはぐっと拳を突き上げ、ガッツポーズを取った。

『……は？』

ドラゴンも、思わず間の抜けた《念話》を放つ。

ボーナスドラゴンは、マジクラプレイヤー達による俗称《ぞくしょう》である。正式な名前はクリスタルドラゴンであり、体表が青く結晶《けっしょう》化したドラゴンである。

そしてクリスタルドラゴンの大きな身体は、なんと魔石として用いることができるのだ。故にボーナスドラゴン、故に賞与《しょうよ》竜である。他にも歩く魔石、魔石竜、葱《ねぎ》背負った鴨《かも》の愛称で、マジクラプレイヤー達に親しまれている。

『貴様ら全員、弄んで喰らってやるわ！』

クリスタルドラゴンの怒号《どごう》が響き渡った。

7

アルマは躊躇《ためら》いなくゴーレムの掘った穴の中へと飛び降り、クリスタルドラゴンと並んだ。アルマはクリスタルドラゴンの頭部を見上げ、ニヤリと笑った。

「魔石が見つからなくて苛立ってたところだったが、こんな特大のが見つかるとはな」

『ニンゲン如きが、この我を愚弄《ぐろう》しおって！　黒焦《くろこ》げになるがよい！』

クリスタルドラゴンはアルマ目掛けて、蒼い炎を吐き出した。

アルマは《魔法袋》を手で叩く。彼の前方に、全長一メートル程度の巨大な赤い盾《たて》が現れた。アルマはその背後で屈む。赤い盾は、綺麗に蒼い炎を弾《はじ》いた。

『な、何だと……？』

「ここで掘った、日輪石と鉄を合わせて造った、《火除《ひよ》けの大盾》だ。性能はばっちりらしい、テストできてよかった」

『小賢《こざか》しさはニンゲンの特権か！　だが、膂力《りょりょく》では我ら竜種に敵《かな》うものなど存在せん！　挽肉《ひきにく》になるがよい！』

クリスタルドラゴンは翼を用いて宙に浮かぶと、腕を振り下ろしながらアルマへと飛び掛かっていった。凶悪《きょうあく》な鉤爪《かぎづめ》が、大盾ごとアルマを叩き潰そうとする。だが、飛び降りてきたメイリーが、あっさりと片手でクリスタルドラゴンの爪を受け止めた。

『馬鹿な！　亜人《あじん》の小娘《こむすめ》如きが、我が爪をあっさりと……？』

「亜人……？」

メイリーが苛立ったように低い声を出す。クリスタルドラゴンがハッとしたように目を見開いた。

『この魔力……ま、まさか、伝説のドラゴン、世界竜オピーオーン様だとでもいうのか⁉』

「知ってるか？　クリスタルドラゴンは、剣よりツルハシの方がダメージが通りやすいんだ」

アルマは《魔法袋》から、《アダマントのツルハシ》を取り出した。

『なっ……！　その深紅の輝き、アダマントだとでもいうのか！』

クリスタルドラゴンは逃げようとしたが、爪をがっしりとメイリーに押さえ込まれていた。

『ま、待てニンゲン！　早まるな！　我など狩っても、低品質な魔石しか手に入らんぞ！』

「今は量が欲しいんでな！　お前の低品質魔石で勘弁《かんべん》しておいてやる！」

アルマは大盾の上に足を掛けて跳《と》び上がり、そのままクリスタルドラゴンの目前へと躍《おど》り出た。

《アダマントのツルハシ》の一撃が、クリスタルドラゴンの額に突き刺《さ》さり、罅が走った。クリスタルドラゴンの、悲鳴のような叫び声がダンジョンに木霊《こだま》した。

「グゥオオオオオオオオオオオオッ！」

クリスタルドラゴンは地面を転がり、壁へとその巨躯《きょく》を打ち付ける。ダンジョンが大きく揺れる。

「さて、止《とど》めを刺すか」

アルマは《アダマントのツルハシ》を構えながら、クリスタルドラゴンへと接近していく。

『ま、待て！　待つのだニンゲン！　そうだ、魔石の出る場所を教えてやろう！』

「そこを掘るより、今お前を狩った方が早いが」

『降伏《こうふく》する……！　一方的に襲ったのは我の落ち度である、もう決してニンゲンを襲いはせん！』

クリスタルドラゴンは起き上がり、アルマへと頭を下げた。アルマはその様子に、眉間に皺を寄せる。

本来、ドラゴンは膂力と魔力で自身らに劣《おと》る人間を見下し、同時に嫌悪《けんお》している傾向《けいこう》が強い。例外の竜種もいるが、クリスタルドラゴンはそうではなかったはずだ。知性はあるが、自身の領域でニンゲンを見掛ければ、問答無用で襲い掛かってくることが多い。

プライドも高く、温厚《おんこう》な竜種の卵でも手に入れなければ、従魔にすることはほぼ不可能なはずであった。

「チッ、やり辛《づら》い。ドラゴンはもっと、誇《ほこ》り高い奴らだと思ってたんだがな。頭を下げてまで命乞《いのちご》いとは」

アルマは《アダマントのツルハシ》を下ろす。

『ニンゲン、我も非力な貴様だけであれば、頭を下げるなど死んでも許容できることではなかったが』

「あん？」

アルマは下げかけた《アダマントのツルハシ》を再び構えた。

『だ、だが、世界竜オピーオーン様が従っているのであれば、話は別である！　我らにとって神にも等しき存在、歯向かうことはできぬ……』

「え……ボク？」

メイリーが目を瞬かせ、自身を指で示す。

「なるほど、そういうことか」

アルマは納得し、一人で小さく頷いた。

ドラゴンがメイリーを神聖視しているのは理解できる。何せメイリーは、マジクラ最強格のドラゴンの娘である。

マジクラではそのようなことはなかった。しかし、現実化したこの世界であれば、ゲーム仕様と既存《きぞん》の設定の延長として、ドラゴン達が世界竜オピーオーンを神聖視するようになっていてもおかしくはない。

「だが、お前が炎を吐き散らして、俺を握り潰そうとしてくれたことに変わりはないわけだ。こっちが常人なら二回は死んでいる。ゴーレムも一体ぶっ壊してくれたな？　わかってるよな？　そして俺は、魔石が欲しい。ただで済むなんて、都合のいいことは考えないことだな」

アルマはゆっくりとクリスタルドラゴンへ近づいていく。

『うっ、うぐぐぐ……！』

「だから、尾《お》くらいはいただくぞ」

アルマが《アダマントのツルハシ》を一振りする。クリスタルドラゴンの尾の付け根が崩れ、地面へと落下した。

『お、尾だけでよいのか？』

「それだけじゃない、お前には俺の従魔になってもらう。クリスタルドラゴンの従魔化はレアだ、それができるのなら、お前の命を見逃《みのが》してやる理由になる」

『断る！　我はニンゲンの使い魔になどならぬわ！　オピーオーン様の子分にならば喜んでなるが、そのような真似はせん！』

アルマはちらりとメイリーを見た。

「え……ヤダ、面倒臭《めんどうくさ》い」

メイリーはムスっとした表情でそう答えた。

『なっ、なな、何故なのだ、オピーオーン様！』

「ボク、そういうのいらないし……。それに主様の従魔が増えると、主様がボクに構ってくれなくなるもん。折角ヴァルハラ吹き飛んで、ずっと主様の横にいられるようになったのに」

メイリーはそう言って頬を膨らませ、アルマに身体を寄せる。クリスタルドラゴンが、ショックを受けたように身体を震わせる。

『なっ……！』

「……お前、ヴァルハラ爆発してそんなふうに考えてたのか」

アルマは頭を押さえ、溜め息を吐《つ》いた。

「安心しろ、クリスタルドラゴンは本気を出したホルスに負けるレベルだからな。戦力面ではメイリーの足許《あしもと》にも及《およ》ばない。俺が一番信頼しているのはメイリーだ」

「……まぁ、主様がそこまで言うならいいけど」

『……ホルスとやらは知らんし、確かにオピーオーン様に及ばぬことも認めるが、散々な言いようであるな』

クリスタルドラゴンが顔を顰《しか》める。アルマは咳払《せきばら》いをした。ホルスが黄金の鶏と知れば、クリスタルドラゴンはさぞ嫌がることだろう。

「それに、雑用を押し付けられるようになるぞ。空を飛べて荷物だって運べる。クリスタルドラゴンがいれば、できることだって増える。鉱物採掘だって捗《はかど》るから、お前の大好きなミスリルを手に入れる機会だって増えるはずだ」

「それは確かに悪くないかも……」

『我は雑用係なのか……？』

クリスタルドラゴンは一層、複雑そうな表情を浮かべた。

「ところでお前、名前はあるのか？　俺はアルマ、こっちのがメイリー、そして上で待機してもらってるのがエリシアだ。ずっとクリスタルドラゴンと呼ぶのも面倒だ」

『ニンゲン如きが、ドラゴンの名を気安く訊《き》いてくれるものだ。まあ、仕方あるまい。聞き漏らすなよ、我が名はクリスティアル・ロードドラゴ・フォルラインなり。ニンゲン、貴様に軽々しく呼ばれるのは癪《しゃく》だ。一字一句欠かさず、そう呼ぶがいい』

「嫌に決まってるだろ、クリスタルドラゴンより長くなってるだろうが。それじゃあ、クリスでいいな。ドラゴンは再生能力高いだろ。その尻尾《しっぽ》、何日で元に戻《もど》る」

『軽々しく口にするなと言ったばかりであろうが。フン、ニンゲンのようなヤワな身体とは違う。三日もあれば、元の長さまで伸びることであろう』

「ほう、悪くない。じゃあ三日おきに収穫《しゅうかく》させてもらうからな」

『えっ』

クリスタルドラゴン改めクリスは、間の抜けた《念話》を飛ばした。

「えっ、じゃない。尻尾で我慢《がまん》すると言ったが、一回で我慢するとは言っていないぞ？」

8

クリスタルドラゴンのクリスを無事に傘下《さんか》に置いたアルマは、採掘を一旦《いったん》中断することにした。これまで集めた素材を用いて、大量の鉱石を運べる乗り物を造ることにしたのだ。ゴーレムとメイリー、エリシアの力を借り、ついに無事それは完成した。

「おおおっ！　やっぱり、直接見ると感動するな！」

出来上がったのは蒸気自動車であった。前方に大きな煙突《えんとつ》がついており、蒸気機関車に似たデザインになっているが、石炭を詰め込んだ大きなタンクがくっ付いている。荒れた道に対応するため、車輪はかなり大きく造られていた。

魔導車を造ることもできたが、あまり魔石に余裕《よゆう》があるわけではない。そのため比較的《ひかくてき》入手しやすい、石炭を動力にしたのだ。

「こ、これは、動くのですか？　あのクリスタルドラゴンや、メイリーさんに引っ張ってもらうわけではないのですよね？」

エリシアが蒸気自動車を前に、困惑《こんわく》したように口にする。単純作業は手伝っていたのだが、未《いま》だに蒸気動力の概念《がいねん》が信じられないでいた。

「……ねぇ、ボクのこと、馬か何かだと思ってない？」

「すっ、すいません！　そういうわけではないのです！」

メイリーがムスッとした表情で指摘《してき》し、エリシアは慌てて頭を下げた。

蒸気自動車の荷台には、既に大量の収納箱が積まれていた。アルマはうっとりとした表情で、蒸気自動車の先端から最後尾《さいこうび》へと目を走らせる。

「フフ……いいな。出力が高く、応用の利く魔石を温存したかったというのもあるが、スチームパンクには夢がある……！　これで本格的にマジクラらしくなってきた」

「主様、なんだか気持ち悪い」

「メイリー、お前にはわからんか、男のロマンが」

「こんなもの……初めて見ました。どうにも私には、これが動いているところが想像できません」

エリシアは蒸気自動車をまじまじと見つめながら、そう口にした。

「ま、そうだろう。蒸気機関の概念自体は紀元前からあったらしいが、動力ではなく単に見世物だったとされている。蒸気機関が世界で初めて実用化されたのは、それからずっと後のこと、十八世紀だ。急にぽっと見ても、とても信じられんだろう」

「世紀……？」

エリシアの言葉に、アルマは咳払いを挟《はさ》んだ。

「……と、興奮しすぎたな」

「遥か遠い地に、獣に引かれることなく動く車があるという話を祖父から聞いたことがありましたが……ただの伝説だとばかり思っていました」

「なに？　エリシア、お前、自動車の話を聞いたことがあるのか？」

「え？　い、いえ、本当に祖父からちらりと聞いただけで、詳《くわ》しくは覚えていませんし、同じものかどうかも……」

アルマは額を手で押さえ、考える。マジクラの世界では、プレイヤーが関与《かんよ》しなければ近世後期のような技術革新は起こらない。本当に自動車が存在するのならば、この世界はマジクラの世界の延長ではなく、マジクラにプレイヤーが関与した世界の延長だということになる。

それは即《すなわ》ち、この世界のどこかに、超《ちょう》大型機動要塞を有し、大陸一つその気になれば消し飛ばせるような存在が潜んでいるかもしれない、ということであった。仮にそんな人物がいれば、場合によっては恐ろしい敵になる。

「なるほどな……今は気にしても仕方ないが、頭には入れておくか」

アルマはそう呟き、小さく頷いた。

『なっ、なんだその金属塊《きんぞくかい》は！　こっ、これが動くのか！　動くというのか！　小さきものよ、わっ、我も乗せよ！』

クリスが蒸気自動車を前に、目の水晶を輝かせていた。

「いや、お前が乗ったら壊れるだろ……。ぶっ壊したら、首だけ残して採掘してやるからな」

『ぬぬ……』

アルマ、メイリー、エリシアは蒸気自動車に乗り込み、クリスは並んで飛行することとなった。

クリスは時折、物欲しそうな目で蒸気自動車を見つめていた。

「す、凄い、本当に走っている……。村の皆《みな》も、驚くことでしょう。この技術が持ち込まれたら、村が凄いことになりそうです」

「元々俺は、畑を耕してるよりこういうことがしたかったんだよ。素材も山ほど用意してきたから、これから面白いことになるぞ」

アルマは上機嫌《じようきげん》でそう口にする。

「ですが、都市にこのことが知れたら、どうなることか……私は少し、それが怖いかもしれません」

「ふむ……」

アルマは目を細める。

この世界は魔物の脅威がかなり大きい。人類はギリギリ生かされているような、そんな状況《じようきよう》である。どこの人間も、生き残るために必死だろう。

そんなところに、自分達より優《すぐ》れた技術を持ち、かつ規模の小さい人里があれば、襲撃して取り込もうとする連中が出てくるのはごく自然なことだといえる。

「……マジクラは最終的には、質より規模だからな」

だからこそ、上位のプレイヤーは機動要塞に引きこもるのだ。現時点で村に千の武装兵が攻《せ》めてくれば、アルマとメイリーが逃げ遂《おお》せることは容易くとも、村を守ることはできない。

「そうじゃなくても、プレイヤー、もしくはその技術が残っている可能性もある、か」

弱ければ魔物に滅ぼされる。だが、力をつければ、更に大きな人里から目を付けられるリスクが上がる。

「主様、どうしたの？　深刻そうな顔して、悩《なや》み事？」

顔を外に出して風を感じていたメイリーが、アルマへと目を向けた。

「悩んじゃいないさ。悩むってのは、不安が解消できない状態のことだろ？　問題点はあるが、やることは決まってるからな」

アルマは不敵に笑い、そう答えた。

何せアルマは、元々魑魅魍魎《ちみもうりょう》渦巻《うずま》くマジクラにて、最強のプレイヤーだったのだ。先人プレイヤーがいたとしても、準備さえできていれば負けるつもりはない。

現状のままでは魔物に対抗できず、中途半端《ちゅうとはんぱ》に力をつけても他都市に潰される可能性が増すのならば、やることは決まっている。

「やるからには徹底《てってい》的に、だな。俺はあの村を最強の王国にする」

9

アルマが村に帰還《きかん》した際、当然の如く大騒《おおさわ》ぎとなった。

「お、おい、ドラゴンがいるぞ！」

「落ち着け、アルマさんが従えているみたいだ」

「あんな化け物まで服従させられるのか……」

「そ、それより、あの黒い乗り物はなんなんだ⁉」

エリシアが窓から顔を出し、村人達の様子をそっと眺める。

「まぁ、そうなりますよね……」

「しばらく収拾《しゅうしゅう》がつかなさそうだな、こりゃ」

アルマは自身の髪をくしゃっと握り、溜め息を零す。

「不安に思う気持ちはわかるが、退《ど》いてくれ」

「ハッ、ハロルド様！」

よく通る声が響き、村人達の塊が左右に分かれた。遠くから、部下を引き連れたハロルドが向かってくる。

「騒いでも混乱する一方だ。僕からドラゴンについて、アルマ殿に安全性を確認する」

ハロルドはそう村人達を諭《さと》す。騒いでいた村人達の大半が静かになった。

もしも恐怖や混乱が村全体に広がれば、余計な問題に繋がりかねない。村の代表者がしっかり詳《しょう》細《さい》を問い、村全体に広めるのは、最悪の事態を避《さ》けるために必要なことであった。

「さすがハロルド、手慣れてるな。残ってもらってよかったぜ」

アルマは小さく頷き、そう零した。

「……うん？」

ハロルドはアルマ達に近づき、目を瞬かせた。これまで人だかりでよく見えていなかった蒸気自動車の存在にようやく気が付いたのである。

「ハロルド様、アレはなんでしょうか？　ドラゴンに引っ張らせて動かしたとは、とても思えませんが……」

部下の一人がそう口にする。

ハロルドは答えず、ただ呆然《ぼうぜん》と口を開いて蒸気自動車に目を向けていた。聡明《そうめい》であり、見識も広いハロルドは、ドラゴンなどよりも、よっぽどとんでもないものが齎《もたら》されたと、一目見てそう気付いたのである。

ハロルドの頭に、この技術の正体と、この技術が村に齎された結果何が起こるかの推測が一瞬のうちに飛び交い——そしてパンクした。

「フ、フフフ、フフフフ」

ハロルドは小さく笑ったかと思えば、腰を抜かしてその場に倒れた。

「お、おい、ハロルド⁉」

アルマが声を掛けたが、ハロルドから反応はない。

彼は失神していた。なまじ賢いばかりに現状の異様さを正確に認識し、処理しきれなくなったのだ。

「ハッ、ハロルド様！　ハロルド様ーっ！」

部下が大慌てでハロルドを抱《かか》え起こす。

アルマはその後、拠点の外で鉱石の整理を行っていた。荷物があまりに多すぎて、拠点の中で作業をするには限界だったのだ。そこへエリシアがやってきた。

「アルマさん、どうにかハロルド様は意識を取り戻したそうです」

「そうか、よかった。あの坊《ぼ》っちゃんに寝込まれたままだと困るからな」

「ただ、まだ本調子ではないとのことです。明日また諸々《もろもろ》について話がしたいので、面会の時間を取っていただきたいと、執事《しつじ》の方が」

「ういうい、わかったよ」

アルマは作業をしながら答える。

「……それでその、あの、そんなに沢山《たくさん》のゴーレムが必要なんでしょうか……？」

アルマの周囲には、二十体のアイアンゴーレムがずらりと並んでいた。

「労働力だ。単純作業しかできないが、人間とは馬力が違う。いくらいたって、足りないってことはないだろ？」

「ですが、今まではこんなに沢山は……」

「魔石のお陰で、同時に動かしていられるゴーレムの数が跳ね上がったからな」

アルマの魔力で動かす分には限界がある。魔力をエネルギー源として用いるには、魔石という媒《ばい》体《たい》が一番なのだ。扱《あつか》いやすい魔力貯蔵庫になる上に、エネルギー変換《へんかん》効率も高い。

「こっちには無限魔石採掘場《クリス》がいるからな。クリスの尾が再生すれば、もっと多くのゴーレムを動かしての作業ができる。これで、ただの石なんかじゃなくて、もっと硬《かた》い鉱石で外壁を造れるな。ククッ、一気にできることが広がるときが一番楽しい」

「は、はあ……」

マジクラにおいても、クリスタルドラゴンを飼い殺しにして魔石採掘場《さいくつじょう》にする、という試みはあった。

だが、クリスタルドラゴン自体が稀少《きしょう》な上に、ドラゴンは全体的に人間に対する親密度が低い傾向にある。クリスタルドラゴンが友好的な態度を示すことはマジクラでは有り得なかった。

それでも苦心してクリスタルドラゴンを檻《おり》に入れ、安定した魔石の入手を試みたプレイヤーは存在した。だが、他プレイヤーに檻を襲撃され、根こそぎ魔石として回収されるという哀《あわ》れな末路を遂《と》げたという。結局マジクラプレイヤーの中では、その場で倒して魔石を回収するのが最適解だということで決着がついていた。

「これだけ作業規模を増やせるなら、外壁はかなり広めに取っておくか。ゴーレムがあれば田畑も一気に開拓《かいたく》できるし、これだけ金属と魔石があれば、いくらでも造れる施設《しせつ》はあるからな。ついてこい、ゴーレム軍団！」

「なんだか楽しそう！　ボクも見に行く！」

ゴーレムを引き連れるアルマに、メイリーが楽しげについていく。

その頃、領主の館《やかた》の三階にて。ベッドから起き上がったハロルドは、衣服を着替えて部屋を出た。

「ハロルド様、お身体の方は？」

執事のダルプールが声を掛ける。

「大丈夫だよ。ちょっと知恵熱が出たけれど、まぁ、今は問題ないさ。彼は初日に半日放置していれば、新種の作物を広めていた男だからね。一日放置していたら、アルマ殿がどうなるのかわかったものではないよ」

ハロルドは冗談めかして微笑《ほほえ》んだ。

「その点なのですが、ハロルド様、お耳に入れておきたいことがございます」

「なんだい？　まあ今更、アルマ殿の件で何が起きても驚かないけれどね」

ダルプールは部屋の扉を開く。

「部屋に何か……」

部屋にある窓から、村の様子が見えていた。

村の外周に、黒い煉瓦《れんが》の壁が積まれつつあった。アルマが《アルケミー》とマジクラ特有の鉱石を用いて造った、安価な強化煉瓦であった。

そして村の端《はし》に、巨大な塔《とう》が出来ていた。煙突が何本も立っており、上部には大きな時計がついている。

「ア、アレは……？」

「アルマ殿の、新しい錬金工房だと……」

ハロルドを眩暈《めまい》が襲ったが、壁に手をついてどうにか堪《こら》えた。

「えっと……じゃ、じゃあ、あの地面に設置された、金属の列はなんなんだい？」

村の壁の内側にぐるりと、金属の列が敷かれている。ハロルドの見識には、あのようなものはなかった。

「それはですな……」

ダルプールが説明する前に、金属の列の上を、大きな黒塗《くろぬ》りの乗り物が駆《か》けた。線路と蒸気機関車であった。中では試運転で乗せてもらった村人達が、腕を突き上げて歓喜《かんき》の声を上げていた。

アルマは村の外周を大きく取り、村内の移動を容易にするために線路を敷いたのだ。無論、音には気を使い、住居からは距離を取っている。

「……ああいうものでございます、ハロルド様」

ハロルドは再び意識を手放した。

第四話　赤い夜《レッドムーン》

SAIKYOU RENKINJYUTSUSHI NO ISEKAI KAITAKUKI

1

　アルマが村開発を急進させた日の夜、彼《かれ》の拠点《きょてん》にハロルドが訪《おとず》れた。客間に招き入れ、机を挟《はさ》んで顔を合わせる。天井《てんじょう》には豪奢《ごうしゃ》なシャンデリアが設置されており、椅子《いす》や机の造形にも拘《こだわ》りがあった。

「悪いなハロルド、茶と菓子《かし》の用意はまだできていない。だが、いずれ準備してみせるさ。次の機会には、優《すぐ》れた錬金術師《れんきんじゅつし》は農耕と建造だけでなく、料理にも精通しているのだと証明してみせよう」

　得意げなアルマの様子に、ハロルドは頭を抱《かか》える。

「どうした、ハロルド？」

「アルマ殿《どの》……一応、大きなことをする際には、声を掛《か》けてもらえると助かるよ……。今回はその、僕《ぼく》が寝《ね》てたのが悪いんだけど……」

「そ、それは悪かった……。俺《おれ》もその、興奮してしまってな」

「大きな変化に際して、割を食う住民がいるかもしれないしね。事前に教えてくれれば、僕だって改善案を出せるし、村人に何らかの補償《ほしょう》を出して根回ししておくことだってできる。アルマ殿も、これだけ村のために尽《つ》くしてくれるのに、つまらないことで反感を買うのは嫌《いや》だろう？　僕も感謝しているし、今回のことも凄《すご》く村のプラスになると思う。だからこんな退屈《たいくつ》なことは言いたくないんだけど、人の集まりっていうのは本当に複雑なもので、建前だとかわかりやすい姿勢だとかが凄く大事なんだ。後で細かいケアに回っても、最初の印象が根付くと面倒《めんどう》なことになってしまう。いや、僕も本当に、アルマ殿の邪魔《じゃま》をしたくてこんなことを言っているわけではないんだ」

「あ、ああ……悪かった。不満は出ないように配慮《はいりょ》したつもりだったが、確かに考えなしだった。次からは、何かする前に申請書《しんせいしょ》を出そう」

思った以上のガチ説教を前に、アルマは肩《かた》を窄《すぼ》めた。

「理解を得られたようで嬉《うれ》しいよ、アルマ殿」

「ああ、お前を引き留めておいてよかったと再確認《さいかくにん》した。悪いが、この手の細かい調整は投げさせてもらうぞ」

アルマには最強のプレイヤーとしての錬金術の腕前《うでまえ》と知識はあったが、しかし政治に関してはからきしである。

マジクラにおいて他プレイヤーと泥沼《どろぬま》の争いを何度も続けてきていたので、この世界における戦略面ではある程度自信がある。だが、他プレイヤーと協力関係になることは稀《まれ》であったし、《天空要塞《ようさい》ヴァルハラ》には忠実な部下しかいなかった。村や都市を指揮したこともなかったし、あったとしてもマジクラでNPCを束ねるのと、この現実化した世界で生きている人間を束ねることは全く異なる。

「勿論《もちろん》、その点は任せてくれて大丈夫《だいじょうぶ》だよ。元々、それが僕の仕事だからね」

ハロルドが安堵《あんど》したように微笑《ほほえ》む。

「正直、納得《なっとく》してもらえなかったらどうしようと、冷や冷やしていたんだ。アルマ殿の方針を半ば勘《かん》で読み取って、必死に村内を駆《か》け回らないといけないことになっていただろうからね」

ハロルドはそう言って、窓の外へと目を向ける。

「ここは本当に見晴らしがいいね。なんだかもう、自分の育った村なのが信じられないよ」

アルマもハロルドに釣《つ》られ、窓の外へ目を向ける。

「ああ、そうだろ？　そういうのも考えて、ここを客間に……」

アルマは目を細め、席を立って窓の傍《そば》へと張り付いた。

「アルマ殿……？」

「なあ……月が、微《かす》かに赤みを帯びていないか？」

アルマに続き、ハロルドも窓の傍に立って目を凝《こ》らす。

「……言われてみれば、そういうふうに見えるね。この程度だとまだ断定はできないけど、赤い夜《レッドムーン》の前兆かもしれない」

ハロルドが苦々しそうに呟《つぶや》く。

赤い夜《レッドムーン》とは、月の魔力が高まり、一夜の間、赤い光を帯びる現象である。だいたい半年周期で発生するが、一年発生しないこともあれば、三か月で二回発生するようなときもある。その規則性を読むのは難しい。

そして赤い夜《レッドムーン》の夜、世界中で魔物の大量発生が起こるのだ。おまけに赤い夜《レッドムーン》の間、増殖《ぞうしょく》した魔物達《たち》の凶暴性《きょうぼうせい》が増し、徒党を組んで各地の村や都市を荒《あ》らすようになるのだ。

止《と》めとして、赤い夜《レッドムーン》中の魔物達は、《タリスマン》の魔物除《よ》け効果が効きにくくなる。簡単に安定した生活基盤《きばん》を築かれては悔《くや》しいという、運営の悪意が垣間《かいま》見《み》える最悪の仕様であった。

予兆として、前日に月が微かに赤みを帯びる。これを見逃《みのが》して赤い夜《レッドムーン》に外を単騎《たんき》で出歩いていれば、普段《ふだん》とは比べ物にならない強さの魔物の集団に囲まれ、呆気《あっけ》なく命を落とすことになる。

「いつも赤い夜《レッドムーン》は村の死活問題だけど、今回はアルマ殿がいてくれて助かるよ……。いや、ダンジョン探索《たんさく》に出かけて、不在の間でなくて本当によかった。アルマ殿の外壁《がいへき》とゴーレムがあれば、赤い夜《レッドムーン》の被害《ひがい》も最小に抑《おさ》えられるはず……」

「……だと、いいんだけどな」

「えっ……い、いや、でも……村の防衛は、これまでとは比べ物にならないくらいだよ。村人に夜間は絶対に外壁を越《こ》えないように忠告して、見張りの兵に都市の外側を警戒《けいかい》してもらえば、それで被害を出さずに済むんじゃ……」

「いや、悪い。どうにもこういうとき、悪いふうに考えちまう性分《しょうぶん》でな。赤い夜《レッドムーン》でどこの地方にどれだけ影響《えいきょう》が出るのかには、大きなムラがある。俺も滅多《めった》なことが起きない限り、被害なんぞ出る余地はないと思うが……警戒しておくに越したことはないだろう」

「それは間違《まちが》いなくそうだね。わかったよ、僕もできる限りのことをしようと思う。兵士や村人に、昼間に仮眠《かみん》を取ってもらって、夜は警戒するように呼び掛けておくよ」

「魔物災害は、本当にとんでもないことが起きるときがあるからな。いくら警戒しても、しすぎることはないはずだ。それに、なんだか嫌な予感がするんでな。俺も明日は、村の防衛の準備に時間を割《さ》こう」

2

翌日、ハロルドは村全体に『赤い夜《レッドムーン》が来るので対策に協力してほしい』という告知を出し、村人達を広場に集めた。その場でアルマは魔物の対策について話し、村人達に弓や槍《やり》を配った。

「す、凄い、この弓の弦《つる》、金属が使われているのか？　ちょっと触《さわ》っただけでわかる、これはとんでもない張力だぞ」

「こんなにいい槍を、もらってしまっていいのか？」

村人達は配られた装備を恐《おそ》る恐る触る。

「いざというときに戦ってもらうためのものだからな。必要にならなきゃいいんだが。俺は、本当に赤い夜《レッドムーン》が嫌《きら》いでね」

アルマが苦笑《くしょう》しながら口にする。

マジクラでアルマがまだ中級プレイヤーであった頃《ころ》、赤い夜《レッドムーン》によって二回ほど拠点を失ったことがあった。赤い夜到来《レッドムーンとうらい》の際に、地面に重要な収納箱を埋《う》めて拠点が滅《ほろ》んでもそれだけは回収できるようにしようとしたことがあったくらいである。

もっとも、その収納箱は、拠点が滅んでほとぼりが冷めてから戻《もど》ったときには、火事場泥棒《どろぼう》のプレイヤーに盗《ぬす》みだされてなくなっていた。マジクラはいつも、最大の敵は同じ人間であることをプレイヤー達に教示してくれる。

「それから、新しく造った《タリスマン》だ。一応みんな、これを家の玄関《げんかん》にでも置いておいてくれ。最悪壁《かべ》内に魔物が入り込《こ》んでも、多少は目を付けられにくくなるはずだ」

そう言ってアルマは村人達に《タリスマン》も配布した。

「アルマ殿のお陰《かげ》で前回のような被害は出ないだろうけど、それでも赤い夜《レッドムーン》は決して軽視できるものじゃない。皆《みな》、気を引き締《し》めて赤い夜《レッドムーン》への対応に当たってくれ」

アルマはその後、アイアンゴーレムを指揮して壁の建設を急いだ。

自動で壁の建設を進められる状態まで持っていってからは、壁近くに錬金炉《ろ》や収納箱を並べて小さな錬金工房《こうぼう》を造り上げ、そこで《アルケミー》を用いて《バリスタ》を造った。

マジクラにおいて《バリスタ》は設置型の巨大《きょだい》な弓矢である。投擲《とうてき》する矢はほとんど羽根のついた槍であり、実際古い槍を流用して使うこともあった。全長三メートル近いタイプが主流であり、車輪のついた台に設置して運用することも多い。

武器としては持ち運びに難があるため、中級プレイヤーが拠点を守ったり、逆に他プレイヤーの拠点を攻《せ》めたりするときに用いることが多かった。そのため攻城弓《こうじょうきゅう》という名でプレイヤー達からは呼ばれていた。

アルマが折角築いた拠点を用いずに外壁付近で製造しているのも、あちらで《バリスタ》を造れば、壁まで運ぶのが面倒だからである。

『精が出ることだな、ニンゲン』

必死に《バリスタ》量産に励《はげ》むアルマの許《もと》に、尾《お》のないクリスタルドラゴンことクリスが現れた。

『随分《ずいぶん》と警戒しておるのだな。我は長生きだが、ここまで防衛に力を入れている都市などあまりないぞ』

「いくら警戒してもしすぎることはない。拠点を空に浮《う》かせて、自在に動かせるようにして、最強格のゴーレムで中を固めて……そこまでやっても、魔物災害で滅ぶときは滅ぶのがこの世界だ」

アルマがぶるりと身体《からだ》を震《ふる》わせる。

「クリス、お前にも魔物の警戒を手伝ってもらうぞ。赤い夜《レッドムーン》で狂暴《きょうぼう》化しているとはいえ、平地の魔物にお前が敗れることはないだろう」

『ハッ、この魔物の王であるドラゴンの一味、クリスティアル・ロードドラゴ・フォルラインに、ニンゲンを守れとほざくか。当然、返事は断る、だ。我とて誇《ほこ》り高きドラゴン、貴様らニンゲンに手出しはせんと契約《けいやく》したが、わざわざ貴様らを守ってやる義理などない』

アルマは《アダマントのツルハシ》を取り出した。

「そうか、残念だがアイアンゴーレム用の魔石にするか。今は戦力が欲《ほ》しいから、手段を選んではいられないんでな」

『わ、わかった！　わかったからその物騒《ぶっそう》なものを仕舞《しま》うのだ！　ちょ、ちょっと言ってみただけであろうが！　素直《すなお》に従ったら、我らドラゴンの沽券《こけん》に関《かか》わるであろうに！』

「最初から素直にそう言っておけ。いいか、夕焼けが出たらここに待機していてくれ。いなかったらゴーレムの材料だぞ」

『わかっておるわ！　どうせオピーオーン様は、貴様に従っておられるのだろう。我とて歯向かう気はない』

「……あいつ種族名で呼ばれるの、多分嫌がるぞ」

『そ、そうなのか？　我などがオピーオーン様を名で呼んでも無礼にはならんのか⁉』

クリスが嬉しそうに答える。アルマは溜《た》め息を吐《つ》いた。

「好きにしろ。とにかく、ここで待機しておけよ」

「アルマさん！」

声が聞こえ、アルマは振《ふ》り返る。エリシアが走ってきたところであった。

「どうした、エリシア？」

「急ぎで黄金が必要、という話でしたよね？　実は今、ハロルド様が、村を回って、金を集めてくれていたようです。アルマさんの拠点に運ぶと、そう口にしていました」

「本当か！　わかった、すぐに戻ろう」

急ぎの戦力補充《ほじゅう》に、どうしてもアルマは金が欲しかったのだ。アルマは拠点へ向かって歩き出そうとして、途中《とちゅう》で足を止めてエリシアを見た。

「……言いそびれていたが、悪い、金だけじゃ駄目《だめ》なんだ。急ぎで用意してもらいたいものがあるんだが、大丈夫か？」

「え？　は、はい。アルマさんが用意できなかったものを、私なんかが急ぎで用意できるかは怪《あや》しいですが……」

「とにかく、人懐《ひとなつ》っこい動物を頼《たの》む。こいつなら絶対人を襲《おそ》わないって、保証のある奴《やつ》だ。それさえあるなら、なんでもいい。手に入ったら、拠点に来てくれ」

「えっ……？」

エリシアの表情が強張《こわば》った。

「ア、アルマさん、その、その動物って……あの、死ぬわけじゃないんですよね……？」

「頼んだぞ、エリシア！　俺はとにかく、急いでやらなければいけないことが多すぎる」

「そ、それって、生贄《いけにえ》的なやつなんですか⁉　あの、その動物、死ぬわけじゃないですよね⁉　あの、飼い主に説明してから連れてこないといけないんで、それは……！」

アルマはエリシアの言葉が聞こえていたのかいなかったのか、質問の答えは返さず、そのまま足を速めて拠点へ向かっていった。エリシアは少し追いかけたが、アルマは一向に止まる気配がなかったため、途中で足を止めた。

「ど、どうしましょう……急ぐって言っていましたし……」

エリシアは一人、頭を抱えた。

3

「アルマ殿！　丁度いいところに戻ってきてくれたね」

「エリシアにハロルドが来てるって教えてもらってな」

アルマの新拠点、時計塔《とけいとう》の玄関にハロルドが来ていた。

彼の横では、部下が荷車を押《お》していた。荷台の上には、細かい金の装飾品《そうしょくひん》が色々と載《の》っていた。

「へえ、こんなに黄金が村にあったんだな。言っちゃ悪いけど、意外だな」

マジクラにおける鉱石の価値は、当然現実のそれとは全く異なる。

特に金は大量の特異な魔力を帯びており、用途が広く、それによって価値が跳《は》ね上がっていた。

地方村に纏《まと》まった量があるのはかなり不自然なことであった。

「村を回って集めた分もあるけれど……まぁ、大半は僕の隠《かく》し財産だね。ヴェインは村に余裕《よゆう》があると思えばその分逼迫《ひっぱく》に掛かるから、都市部で金に換《か》えて隠し持っておいたんだ。まともに従っていたら、有事の際にそのまま村が滅びかねなかったからね」

「お前……本当に綱渡《つなわた》りやってたんだな」

「生きた心地《ここち》がしなかったよ。それで、金はこれだけあったら足りそうなのかな？」

「ああ、俺の手持ち分と合わせれば、ギリギリ足りるんじゃないかと思う」

「そ、そっか……これでギリギリなんだ……。僕の家の総資産の大半なんだけどな……」

ハロルドが少しがっかりしたように口にした。

「わ、悪い……。というか、使っちまっていいのか？」

「有事に備えた余裕資産だから、元々村のために使うための分だよ。村の防衛に活用してくれるのならば本望《ほんもう》だよ。アルマ殿に任せれば、無駄にはならないだろうし。それにこれは、僕だけじゃなくて村人達が出してくれた分もあるからね。僕の親戚《しんせき》に、家で話し合って結婚《けっこん》指輪を出してくれた人もいたよ。皆、アルマ殿を信用しているんだよ」

「おう……む、無駄にはしないようにするからよ」

「でも、何に使うんだい？　正直、僕にとってはそれなりの大金だから、用途くらいはできれば知っておきたいな、と。僕の資産は、村のお金みたいなものだしね」

「戦力の補充だが、実は一番肝心《かんじん》なのが抜《ぬ》け落ちていてな。今、エリシアに見つけてもらいに行っているんだが……」

アルマとハロルドが話していると、五人ほどの村人が近づいてきた。先頭にはエリシアが立っている。

「ライネル！　必要な犠牲《ぎせい》なんだ、これは！」

「だ、だが、こいつ、野良《のら》犬だが、本当に俺によく懐いてくれているんだ！　い、生贄になんてできない！　見逃してやってくれ！」

村の青年ライネルが、わんわん泣きながら他《ほか》の村人に訴《うった》えかけていた。村人は三人掛かりでライネルを押さえつけている。

「いいか、これを怠《おこた》ったら、村の中から死者が出るらしい。諦《あきら》めてくれ！」

「わかった！　なら、俺が生贄になる！　それで文句はないだろうが！」

「落ち着いてくれライネル！　俺だって嫌だが、仕方ないんだ！」

アルマとハロルドは何事かと彼らを眺《なが》めていた。エリシアは、抱《だ》いていた犬をアルマの前に降ろした。

黒い犬であった。地に降ろされた犬は、ライネルの許へと駆け寄っていき、取り押さえられている彼を心配げに眺めている。

「クゥン、クゥン……」

「大丈夫だ！　俺が絶対に守ってやるからな！」

ライネルが犬に向かって叫《さけ》ぶ。

「……あ、あの、アルマさん、この犬で大丈夫でしょうか？　野良ですが、気性が穏《おだ》やかで、村の皆も可愛《かわい》がっていた犬なんです。一度、魔物に吠《ほ》え付いて、村人に知らせてくれたこともあるんです」

エリシアの言葉に、アルマは頷《うなず》いた。

「そうだな、こいつなら大丈夫そうだ」

「あの……死ぬわけじゃないんですよね？」

エリシアの言葉に、アルマは依然《いぜん》として暴れているライネルへと目を向ける。

「アルマさぁぁん！　俺だ、俺をやってくれぇ！　そいつは、そいつは本当にいい奴なんだ！」

ようやく彼らの様子に合点《がてん》がいったアルマは、深く息を吐きだした。

「……安心しろ、殺すわけじゃない。悪いな、急いでいて説明不足だった」

その言葉を聞いて、ライネルを筆頭に、村人達から安堵の息が漏《も》れた。

アルマは拠点に入り、錬金炉を用いてアイテムを造って外へと戻った。その手には黄金色《こがねいろ》の輝《かがや》きを放つリンゴがあった。

「アルマさん、それは……？」

「《知恵《ちえ》の実》だ。獣《けもの》や低ランクの魔物が食せば、魔力と知性を得ることができる」

ホルスに使ったアイテムと同等のものであった。

《知恵の実》［ランク：6］
リンゴを大量の魔力と純金で覆《おお》ったもの。
計り知れない魔力を秘《ひ》めている。
口にした生物の魔力を覚醒《かくせい》させ、［モンスターランク：5］相応の潜在《せんざい》能力を発揮させる。

［ランク：5］の魔物が一体いれば、それだけで村の安全度は跳ね上がる。このために急ぎで黄金が欲しかったのだ。

「ほら、来い」

アルマが犬に呼びかけると、犬はそろそろとアルマの足許に近づいてきた。

「クゥン」

犬は一声鳴いて、アルマを見上げる。アルマは屈《かが》んで頭を撫《な》でた。

「よしよし、賢《かしこ》い犬だな。おい、名前はあるのか？」

「い、いえ……」

ライネルが首を振る。

「じゃあ、黒いし……お前は、アヌビスとしよう。アヌビス、頼むぞ。この村を守ってくれ」

アルマはアヌビスに《知恵の実》を与《あた》えた。アヌビスは拾い上げて《知恵の実》の匂《にお》いを嗅《か》いでから、ちらりとアルマへ目をやり、それから勢いよく噛《かじ》り付いた。

アヌビスの毛並みがぶるりと瞬間《しゅんかん》逆立ち、身体が少しだけ大きくなった。それから毛がぺたりと、再び寝た。

「大きくなって、毛並みがよくなった気はする。だが、思ったより、変化がないような……」

『お任せください。何か、私に力が宿ったことはわかります。村の人達は私によくしてくれましたから、私は村の人達が大好きです。連れてこられるときに尋常《じんじょう》ではない様子だとは思っていましたが、生贄になるのならそれでも構わないと思っていました。必ず私が、この村を守ってみせましょう』

アヌビスは激しく尾を振りながら、そう《念話》を放った。

「ア、アヌビスが喋《しゃべ》った⁉」

村人達にどよめきが走る。ライネルは特に呆然と口を開けていた。

『ライネルさん……特に、気に掛けてくださり、ありがとうございます』

アヌビスはライネルへ顔を向け、頭を下げた。

「そ、そんな、俺は、結局何もできなかったのに……！」

ライネルは感涙《かんるい》しながら、その場に突《つ》っ伏《ぷ》した。

「これで、メイリー、アヌビス、ホルス、クリス、アイアンゴーレム軍団か。戦力としては、流石《さすが》に充分《じゅうぶん》だと思いたいが……」

アルマは空を睨《にら》む。

既《すで》に夕暮れの時間になっていた。空には、薄《うす》く赤い月が浮かんでいる。

「主様《あるじさま》ー！　大変、たいへーん！　なんだか、その、おかしいの！　ヘンなの！」

そのとき、時計塔の上からメイリーの声が響《ひび》いてきた。顔を上げれば、いつもマイペースなメイリーが、困惑《こんわく》した表情を浮かべている。

「メイリー殿……何かに気づいたみたいだけど……」

ハロルドが不安げに漏らす。

「……時計塔の上には、遠くを見られるアイテムを設置している。何かに気づいたのかもしれない。ハロルド、一応ついてきてもらっていいか？」

4

「まずいな……」

時計塔の上階にて、アルマは部屋に設置した望遠鏡を用いて、村の北側を眺めていた。

かなり距離《きょり》はあるが、山のふもとに大量の魔物が出没《しゅつぼつ》しているのが見える。数百体の群れとなっていた。通常の赤い夜《レッドムーン》では、こんな規模の群団がぽんと生まれるわけがない。

そして魔物達の中央部には、赤黒く輝く、巨大な塊《かたまり》があった。

「ね、主様、ヘンなのいるでしょ？」

「……ありゃ、ドウンだ。月の使者だとか、小さな魔王だとか呼ばれている」

アルマは舌打ちをした。

「ち、小さな魔王？　アルマ殿、そいつは、いったい何をするんだい？」

後を付いてきたハロルドが、不安げに口にする。

「ドウンは赤い夜《レッドムーン》の間しか生きられない。その代わりに、月の光に呼応して大量の魔物を生み出し、魔物を狂暴化させて指揮し、人里を襲撃《しゅうげき》する。赤い夜《レッドムーン》の象徴《しょうちょう》のような魔物だ」

「そ、そんな……」

「早く叩《たた》かないと魔物が増え続けるが、ドウン自体も厄介《やっかい》だ。素早《すばや》く、恐ろしくタフな上に、多彩《たさい》なスキルで自身の身を守る。周りの魔物も護衛に出るため、ドウンを正攻法で撃破するには手札が足りなすぎる」

要するに、赤い夜《レッドムーン》が終わるのを待て、ということである。だが、ドウンに狙《ねら》われて何もせずに夜が明けるのを待っていれば、都市一つなんてあっさりと陥落《かんらく》する。出現したが最後、複数の都市が消滅すると恐れられていた。

ドウンは低確率で発生する、抗《あらが》いようのない絶対的な脅威《きょうい》としてプレイヤー達から恐れられていた。マジクラ運営は、よくこういった悪魔のような仕様を平然と織り交ぜてくる。

「こんなのばっかりやってるから、数年でサービス終了《しゅうりょう》するんだよクソ運営が！」

アルマは手で額を押さえ、舌打ちをして苛立《いらだ》ちを露《あらわ》にした。

「ア、アルマ殿、そんなにドウンは危険なのかい？」

「ああ、最悪のイベントだ。正直、この程度の村の設備で凌《しの》ぎ切れるかはかなり怪しい」

「そこまで……」

「だが、ドウンは滅多に発生する魔物じゃない。俺だって、目にしたのはこれが二度目だ。こんな不運が飛んでくるとは思いもしなかった。俺は呪《のろ》いなんて信じちゃいなかったが、こればっかりはヴェインの呪いかもしれねぇな」

ヴェインは最後に、この村には天罰《てんばつ》が下る、呪ってやると騒《さわ》いでいた。だが、ドウンを意図的に発生させる方法なんてないし、あったとしてもヴェイン如《ごと》きができるようなことではないだろう。

しかし、それでもドウンの稀少性《きしょうせい》を思うと、ヴェインの呪念《じゅねん》が誘《おび》き寄せたのかもしれないとも考えてしまった。本来、それくらい発生しえない魔物なのだ。とんでもなく運が悪かったとしか言いようがない。

「……この調子だと、最悪、三時間程度でこっちに辿《たど》り着くだろう」

「そんなに早く……!?」

アルマはしばし逡巡《しゅんじゅん》していたが、顔を上げてハロルドへ目を向けた。

「ハロルド、詳《くわ》しい策を立てている余裕もない。大人の男は北部の壁に武器を持って出てくるように、頼んでくれ」

「アルマ殿は？」

「村で準備を済ませたら、すぐに北へ向かう。村の手前で、何としてでもドウンを叩く！」

アルマは言葉通り村内で手持ちのアイテムを整え、都市にちょっとした仕掛けを施《ほどこ》すと、村を出て北へと向かった。村北部のただっ広い平原に着くと、アルマは足を止める。

「ここをドウンとの決戦の場所にする」

アルマはメイリー、ホルス、アヌビス、クリスを引き連れてきていた。

「ねー、主様。ボク達全員連れてきてよかったの？」

「村の方には、アイアンゴーレム軍団に《バリスタ》があるからな。できればここで魔物をほとんど倒《たお》して、向こうではせいぜい討《う》ち漏らした魔物の処理くらいになるのが理想だ」

アルマ達が待機してから半刻程《ほど》で、遠くから千近い数の魔物の群れが現れた。

「……一番多いのがゴブリンで、カースウルフとポイズンマイマイが要注意だな」

カースウルフは身体の腐《くさ》った三つ目の狼《おおかみ》である。［モンスターランク：2］の中でも上位に入り、素早くて攻撃力の高い厄介な魔物である。

ポイズンマイマイは紫《むらさき》色のマイマイである。毒を有しているだけでなく、通常のマイマイよりも全体的に身体能力が高い。

そして最前線中心部の手前側に、ドウンがいた。全長三メートル程度の、赤黒い靄《もや》のような塊であった。虫のような六本の脚《あし》が生えている。

前面には、三つの円が浮かんでいる。子供の描《か》いた落書きのような顔だった。

『フン、こうして見ると、大した数であるな。全力は尽くすが、しくじっても我に八つ当たりするでないぞ』

クリスは言葉こそ軽々しいが、険しい表情で魔物の群れを睨んでいた。

ドウンはアルマを目にして、邪悪な微笑みを浮かべた。

『キ、ヒヒヒ…………。ニンゲンヨ、止メラレルモノナラ、止メテミヨ。ソンナ少数デ、何ガ出来ル？』

ドウンより、邪悪な《念話》が放たれる。ぞっとするような、冷たい悪意が込められていた。

「へえ、お前、喋れたのかよ。闇落《やみお》ちしたゆるキャラみたいな外見しやがって」

マジクラの世界では、個々のパワーで押し切る戦い方は、格下にしか通用しない。戦いの前にどれだけの準備ができたかが勝敗を決する。策を練り、兵力を蓄《たくわ》え、それをより相手に効果的にぶつけられた方が勝利するのだ。

そういう意味でも、千の軍勢を引き連れてきたドウンは、脅威であった。

「……確かに、数の不利は最悪だ。これがゲームなら、俺は大事なものだけ抱えてとっと逃《に》げていただろうよ。勝算は、五分五分ってところだったからな。だが、そんな選択肢《せんたくし》、選べるわけがねえだろ。俺にはあの村の全《すべ》てが、大切に思えて仕方ないんだよ！　来い、小さな魔王！　俺の持てる力の全てを出して、お前らを倒してやる！」

『愚《おろ》カナ！　愚カナ！　我ガ軍勢ノ前ニ散ルガイイ！』

甲高《かんだか》い、不気味なドウンの笑い声が、辺り一面に響き渡った。直後、カチッという大きな音がした。

『……ム？』

「お前達、耳を塞《ふさ》げ！」

平原にて、魔物の最前列を中心に、突如大爆発《とつじょだいばくはつ》が巻き起こった。爆炎《ばくえん》の中、魔物の肉塊《にくかい》が飛び交《か》う。地面に巨大な穴が開き、後続の魔物達が、更《さら》に背後の魔物に押され、開いた穴へと落ちていく。

アルマはメイリーの背に乗り、素早く爆発で開いた穴の近くへと向かう。

「綺麗《きれい》に掛かってくれたな、馬鹿《ばか》どもめ！　貴重な《終末爆弾《ばくだん》》を使った、特製地雷《じらい》だ！」

ドウンは群れを率いるために先頭を走っているので、必ず先陣《せんじん》の中に紛《まぎ》れている。タイミングさえ失敗しなければ、この手で叩けると思っていた。

アルマが穴を見下ろすと、魔物の残骸《ざんがい》に埋もれる、瀕死《ひんし》のドウンの姿があった。

『ナ、ニ、ガ……？』

「割と爆心地の近くだったのに、よく生きてたな。さすが、プレイヤーからあれだけ恐れられていただけのことはある。……ま、これで終わりだけどな」

『キ、貴様、何ヲ……!?』

アルマは《魔法袋《ぶくろ》》から青に輝く水晶玉《すいしょうだま》を取り出し、穴の中へと放《ほう》り投げた。

「主様、それは？」

「《水源石》、井戸《いど》に使ったやつだ」

地中に開いた穴が、一瞬のうちに水で満たされていく。穴に転げ落ちて積み重なっていた魔物達が、溺《おぼ》れながら息絶えていく。

マジクラでは、戦いの前にどれだけ準備ができたかが勝敗を決する。確かにそれは間違いない。だが、その準備とは勿論、純粋《じゅんすい》な戦力の規模の話だけではないのだ。

『さ、散々勿体《もったい》振《ぶ》りおって。何が五分五分であるか』

「いや、全然これでドウンを処理できない可能性はあったからな。奥《おく》にいたら地雷で吹《ふ》き飛ばせなかったし、不確定要素も多い。それに、まだまだ後続の魔物はいるんだから、気は抜くなよ」

そのとき、瀕死のドウンが水面に浮かび上がってきた。ドウンはタフであり、非常に軽い身体をしている。そのため水に沈《しず》んでも、あっさりと浮かび上がってくることができたのだ。

『ま、まだ生きておるのか!?　早く止めを刺《さ》さねばならんのではないのか！』

「動けなくして、生かしてるんだよ」

アルマは指でドウンを示す。

ドウンは四つの脚をバタバタと動かしているが、どの方向にも全く進めていない。指が短く、脚の可動範囲《はんい》も狭《せま》いため、まともに推進力を生じさせることができないのだ。

『オノレェエエエッ！　ニンゲンンンンンンンッ！』

ドウンは必死にちゃぷちゃぷと脚を動かしながら、思念を放ってきた。今となっては、全く怖《こわ》くない。

「これでそのうち、勝手に力尽きてくたばるだろう。そしてそれまでは、ドウンの魔物を集める力のお陰で、出鱈目《でたらめ》に散らばらず、ここに集中してくれる。村の被害が小さく済むはずだ」

『……我は今、絶対に貴様を敵に回すまいと心に誓《ちか》ったぞ』

5

アルマはメイリーから飛び降り、《魔法袋》から《アダマントの鍬《くわ》》を構えた。

「残党もこのまま処理するぞ！」

小さな魔王ドウンは、無事に《終末爆弾》と《水源石》で完全な無力化に成功した。だが、ドウンの引き連れてきた魔物の群れはまだまだ残っている。

「メイリー、今回は本気で頼むぞ！」

「ん、任せて。後でたっぷり、いいもの食べさせてもらうからね」

メイリーの身体が光に包まれ、全長一メートルの、純白の竜《りゅう》へと姿を変えた。メイリーが魔物の群れへ突進していく。

ゴブリンの群れが一斉《いっせい》に棍棒《こんぼう》を構え、向かってくるメイリーを警戒する。だが、次の瞬間には、ゴブリン達はメイリーの爪《つめ》に裂《さ》かれてバラバラになっていた。

『こんなものだよ』

メイリーが得意げに笑う。周囲の魔物達は動きを止め、一斉にメイリーを警戒していた。

「ワオッ!」

アヌビスは自身より体格の大きなカースウルフの首を噛《か》み潰《つぶ》し、地面へ引き倒す。そしてすぐに次のカースウルフへと飛び掛かっていく。

アルマも魔物の頭を《アダマントの鍬》で叩き潰しながら、魔物達の奮戦に目をやっていた。

「みんな、頑張《がんば》ってくれてるな……」

『うぐぐっ! こっ、こ奴ら、普通に強いではないか!』

泣き言が聞こえ、アルマは空へと目を向けた。クリスが三体のジェムバードの魔物に囲まれ、必死に応戦していた。

ジェムバードは額に真っ赤な宝石が埋め込まれている大きな鳥である。亡骸《なきがら》の価値が高いありがたい魔物であるが、その分［モンスターランク：3］と高めである。赤い夜《レッドムーン》で強化されていることもあり、クリスはなかなか苦戦を強《し》いられているようだった。

「……クリス、頼むぞ。外に散らばった魔物は、お前に相手をしてもらわないと困るんだから。メイリーには地上で、纏まった数を倒してもらいたいんだよ」

『わっ、我《われ》が弱いのではない! メイリー様と、そこの黒犬が強すぎるのだ!』

クリスは必死にジェムバードと交戦しながら、そう弁明する。

『フンッ！』

そのとき、丁度クリスの下で、ホルスが回転蹴《げ》りを放ち、寄ってきた十近い数の魔物を吹き飛ばした。

『私はあまり戦闘《せんとう》向きではないのですが、全力を出させていただきますぞ！』

ホルスが金色の翼《つばさ》を大きく広げ、敵を威嚇《いかく》する。

アルマはチラリとクリスへ目をやった。

『わ、我は、あの鶏《にわとり》以下なのか……？』

クリスがやや落ち込んだようにそう零《こぼ》した。メイリーとアヌビスに負けるのはまだ納得できたが、ホルスに負けるのは納得がいかなかったらしい。

個々の戦力では、間違いなくアルマ達が圧倒《あっとう》していた。

だが、敵は倒しても倒してもキリがない。ドウンはまだ生きているはずだが、時間が経《た》つごとに後列に構えていた魔物達が、広がりながら前に出てきていた。誰《だれ》かが敗れることはないだろうが、そろそろ飽和《ほうわ》した魔物が村へと向かったとしてもおかしくはない。

『アルマ様！　少々手数が、足りないのでは……？』

「大丈夫だ、対策はしっかり村に残してきた。そろそろ来る頃だ」

『来る、とは……？』

そのとき、村の方から大きな音が響いてきた。アルマはようやく来たかと、音の方へ振り返る。

大きな蒸気機関車であった。このために線路を敷《し》き替《か》えて村の北側に繋《つな》げ、外壁にある門から発車できるようにしたのだ。線路でなく大地の上であるため不安定ではあるものの、これでもかと石炭を積み上げて強引《ごういん》に加速させ続けることで、どうにか横転せずに保っていられた。操縦席には、一体のアイアンゴーレムが搭乗《とうじょう》している。

「これぞ《トレインストライク》！」

蒸気機関車が、ドウンに集められていた魔物の群れに突撃していく。大量の魔物が轢《ひ》き潰されていった。蒸気機関車が魔物を巻き込みながら《終末爆弾》の開けた大穴へと飛び込んでいく。ドウンの思念による絶叫《ぜっきょう》が響き、そしてそれはすぐ止《や》むことになった。あのタフなドウンも、鉄塊に踏《ふ》み潰されてついに息絶えたらしい。

真っ赤に熱された石炭がばら撒《ま》かれ、草木に引火していく。

「ちょっと勿体《もったい》なかったか？　まあ、鉄は腐る程集まったからな」

『アルマ様、なかなかエゲツないことをなさいますな……』

ホルスは炎に巻き込まれていく魔物を、少し申し訳なさげに眺めていた。

「勝てばいいんだよ、勝てば。俺達が突破されたら、背後の村が被害を受けるんだぞ？」

『な、なるほど……』

「これで敵の数はかなり減らせた。後は散らばった奴らを確実に狩《か》っていくぞ！」

それからすぐに決着はついた。無事に一体残らず魔物の撃退に成功し、従魔の中から大きな怪我《けが》を負ったものも出てこなかった。

アルマは魔物が何体か村に入り込むことを危惧《きぐ》していたが、結局それは杞憂《きゆう》であった。初手の《終末爆弾》からの水没で魔物の頭目であったドウンを無力化できたことと、中盤に放った《トレインストライク》に多くの魔物を巻き込めたことが大きかった。

「主様ー、ボク疲《つか》れた、おんぶ」

珍《めずら》しくメイリーもヘトヘトになっていた。

「よく頑張ったな。仕方ない、今日だけだぞ」

『うぐぐ……。何故《なぜ》ニンゲンなぞのために、我がここまで必死にならねばならんのだ』

クリスが苦しげにそう零す。そのとき、アルマとクリスの目が合った。

『なっ、何か言いたげではないか！　わっ、我を責めるつもりか！』

「いや、よく頑張ってくれた。主戦力のメイリーに飛行能力のある魔物を追わせていれば地上がパンクしていた。お前がいなかったら、間違いなく村に被害が出ていた」

クリスはアルマの礼が意外であったので、ぽかんと口を開け、呆気に取られていた。だがすぐに首を振り、表情を硬《かた》くした。

『フッ、フン、貴様らニンゲンのためにやったわけではないがな。メイリー様が貴様に従っておられるから、我も合わせているだけのことだ！』

「これからは削《けず》る尻尾《しっぽ》の長さに手心を加える」

『……そこは外さぬのか』

クリスががっくりと頭を下げる。

「悪いな、クリス、魔石は貴重なんだ。しかし……こうして終わってみると、悪いことばかりではなかったかもしれないな」

『ま、まぁ、我も、貴様らニンゲンのことを、ちょっとは誤解しておったかもしれん。多少は認識を改めてやってもよい。気が向けばこのクリスティアル、少しは力を貸してやることもやぶさかではない……』

「見ろ、この魔物の亡骸の山を！」

『うむ？』

「皮も肉も骨も剥《は》ぎ取り放題だ。平常時ではまず現れない魔物も多く交じっている。鉱物は集まっていたが、魔物の素材はほとんどなかったからな。これでまた、できることが広がったというものだ」

錬金術師にとって魔物の亡骸は宝である。皮は衣服に、肉は料理に、牙《きば》や骨や爪は武器に、そして内臓は薬になる。

「クク、やりたいことが一気に広がったな。ハロルドに怒《おこ》られないように、色々と申請を出しておかないとな。……どうしたクリス、不貞腐《ふてくさ》れた顔をして？」

『なっ、なんでもないわい！』

書き下ろし短編 錬金王《れんきんおう》と破壊姫《はかいひめ》の決闘《けっとう》

SAIKYOU RENKINJYUTSUSHI NO ISEKAI KAITAKUKI

1

「凄《すご》い……ここが、このVRMMO《マジッククラフト》の最強プレイヤー……《錬金王アルマ》の居城である、《天空要塞《ようさい》ヴァルハラ》……」

壁《かべ》一面が宝石に覆《おお》われた通路を、一人の茶髪《ちゃぱつ》の男が歩いていた。

彼《かれ》の名前はソマリ。《マジッククラフト》、通称《つうしょう》マジクラのプレイヤーである。この世界は、VRヘッドギアの見せる、バーチャルリアリティ空間である。

ソマリの傍《かたわ》らには鶏頭《けいとう》のスーツ男が歩き、ソマリの城内の案内を行っていた。ソマリは鶏頭の顔をちらりと盗《ぬす》み見て、ごくりと息を呑《の》んだ。

オンドゥルルというこのNPCは、案内人であると同時に、城内のソマリの見張り役でもある。ソマリが不審《ふしん》な行動を取れば、その瞬間《しゅんかん》にオンドゥルルがソマリの首を刎《は》ねると、事前にそう説明を受けている。滑稽《こっけい》な外見ではあるが、オンドゥルルには間違《まちが》いなくそれだけの能力がある。そうでなければ、《錬金王アルマ》が居城内に置くわけがない。

通された部屋の先に、宝飾《ほうしょく》のあしらわれた豪奢《ごうしゃ》な黄金の椅子《いす》があった。そこに蒼髪《あおがみ》の、白いローブを纏《まと》った男が座《すわ》っていた。目の下には、尾を食らう蛇《ウロボロス》の赤い紋章《もんしょう》が入っている。間違いなく《錬金王アルマ》であった。

「ア、アルマ様ですね。さすが、《天空要塞ヴァルハラ》……噂《うわさ》以上の、想像もつかなかった内装でした。まさか［ランク：7］の鉱石である《ドラゴライト》を、武器でもアイテムでもなく、一面の壁に用いているだなんて……。ここに来られただけで光栄です」

「なかなか圧巻だろ？　驚《おどろ》いてもらえたようで、造った甲斐《かい》があったってもんだ」

アルマはニヤリとフランクに笑う。

「畏《かしこ》まるな、ソマリ。呼び捨てで結構だ」

「よ、呼び捨てだなんて、畏《おそ》れ多い、ははは……」

ソマリは愛想《あいそ》笑いを浮《う》かべ、そう答えた。

とてもではないが、アルマを呼び捨てにする気にはなれなかった。何が原因だったのかは定《さだ》かではないが、アルマの怒《いか》りを買って所有する国を大陸ごと吹《ふ》き飛ばされた可哀想《かわいそう》なプレイヤーも存在する。マジクラ史に残る《まったり大陸沈没《ちんぼつ》事件》である。

万が一不興を買えば、どうなるかわかったものではない。短気な人物だとは聞かないが、警戒《けいかい》しておくに越《こ》したことはない。一歩踏《ふ》み外せば、自分もまったり大陸と同じ末路を辿《たど》ることになる。

「それにソマリよ、例のものを出してくれ」

「はっ、はい！」

ソマリは《魔法袋《まほうぶくろ》》より、真紅《しんく》の輝《かがや》きを帯びるアダマント製のプレートを取り出した。プレート中央には稀少《きしょう》金属が埋《う》め込《こ》まれており、アルマの刺青《いれずみ》と同じ尾を食らう蛇《ウロボロス》の紋章が描《えが》かれている。オンドゥルがソマリからプレートを預かり、玉座の前へと移動し、アルマへと手渡《てわた》した。アルマはプレートを手に取り、懐《なつ》かしそうに眺《なが》める。

「お前らの連合《ユニオン》である《猫《ねこ》好き同盟》の前ユニオンマスターには、恩があった。なんでも一つ、厄介事《やっかいごと》を引き受けるって約束しちまったからな」

連合《ユニオン》とはプレイヤーの集まりである。マジクラでは一プレイヤーが都市の主《あるじ》や国の主になることも珍《めずら》しくないため、ギルドやクランではなく、連合《ユニオン》というやや特殊《とくしゅ》な名称がついている。

このアダマントのプレートは、かつてアルマが恩のあるプレイヤーに渡したものであった。アダマントの他《ほか》、高価な金属や鉱石が複数用いられているため、プレイヤー間で売買すれば一千億ゴールドの値がつく。これはマジクラ内の上位プレイヤーにとっても大金であった。

売って金銭に換《か》えるのもいいが、手許《てもと》に残しておけば引き換えに頼《たの》み事を一つ引き受けると、そう約束していたのだ。

「今となっては、くだらんお遊びだったと思うが、約束は約束だ。ソマリよ、何でも言ってくれ。俺《おれ》にできることなら何でも引き受けてやる」

「じ、実は、《猫好き同盟》の新入りが、上位ギルドである《黄金の夜明け団》と揉《も》め事を引き起こしてしまいまして……」

「《黄金の夜明け団》ね……。俺も、あんまり好きじゃない奴《やつ》らだな」

アルマはそう口にして、目を細めた。

マジクラには無数の大陸が存在する。アルマは決まった大陸に定住せず、《天空要塞ヴァルハラ》で自在にあちこちへと移動しているが、全《すべ》てのプレイヤーがそうしているわけではない。機動要塞を拠点《きよてん》にするには様々な制限が付く上に、全重量に耐《た》えられる浮力《ふりよく》を自在に生じさせられる高価な《空のコア》が必要となるためだ。

一般的《いつぱん》に、一つの地に留《とど》まり、そこで勢力を広げている者が多いのだ。そして現在アルマの留まっている大陸を牛耳《ぎゆうじ》っているのは、間違いなく《黄金の夜明け団》であった。

《黄金の夜明け団》はマジクラ内で上位数パーセントに入る、大手の連合《ユニオン》である。

ただ、そのやり口はあまり綺麗《きれい》だとはいえない。マジクラは自由度が高いがために、マナー違反《いはん》のグレー行為《こうい》に手を染めたプレイヤー達《たち》が楽に利益を得られる傾向《けいこう》にある。《黄金の夜明け団》は、因縁《いんねん》を付けて脅迫《きようはく》して他の連合《ユニオン》から金銭やレアアイテムを巻き上げたり、現地人であるNPC達に麻薬《まやく》を売り捌《さば》いて奴隷《どれい》にしたりと、そういった行為を平然と行うプレイヤーが多く在籍《ざいせき》していた。

もっともアルマは、自由度もこのゲームの売りだと考えている。プレイングが気に入らないからといって、それだけでイチャモンを付けるつもりはなかった。

実力が五分であれば、気に入らない相手に正面から喧嘩《けんか》を売るのもゲームの一環《いつかん》としてはアリだったが、アルマからしてみれば《黄金の夜明け団》は大した連合《ユニオン》ではない。本気で潰《つぶ》しに掛《か》かるのは、あまりに大人げなかった。

「あのプレートの手前、強くは断れないが……報復してくれってことなら、あまり乗り気になれねえな。正直、俺が出ていくのは、ガキの喧嘩に親が銃《じゅう》持って乗り込むようなもんだ」

「え、ええ、わかっています。アルマ様には、《猫好き同盟》と《黄金の夜明け団》の仲裁《ちゅうさい》をお願いしたいんです。アルマ様が警告を出せば、《黄金の夜明け団》もこれ以上は手出しをしてこないはずです」

「そういうことなら問題ない。話してみろ、詳《くわ》しく聞いてやろうじゃないか」

「ありがとうございます！　……事の発端《ほったん》は、《猫好き同盟》の新入りが、採掘場《さいくつじょう》の優先権で揉めたことにあるんです」

ソマリはそう切り出し、《猫好き同盟》と《黄金の夜明け団》の揉め事について話し始めた。

《猫好き同盟》の新入りに、ペルシャという名のプレイヤーがいた。彼は洞窟《どうくつ》で鉱石の採掘を行っていたが、そこへ見知らぬプレイヤーが乗り込んできて、採掘を始めた。

マジクラ内では、小さな暗黙《あんもく》の了解《りょうかい》が多く存在する。相手プレイヤーがそれらを破っていたためペルシャは忠告したのだが、相手はそれに腹を立てたらしく口論になり、果てにはペルシャへと攻撃《こうげき》に出てきたのだという。

だが、相手プレイヤーは暗黙の了解を知らない、ほとんど初心者であった。ペルシャはあっさりと反撃して相手プレイヤーを沈《しず》めることに成功した。

そこまではよかった。ただ、そのことで気をよくしたペルシャは、余計なことをした。

相手が拠点にしている建物を突《つ》き止め、爆弾《ばくだん》を仕掛けて本人が帰ってきたときに吹き飛ばしたのだ。ペルシャは瀕死《ひんし》の相手を拘束《こうそく》して生き埋めにし、その上に墓を建て、墓石に相手を小馬鹿《こばか》にした文言を刻んでその場を後にしたのだという。

「マジクラではよくある光景だが……お前らも本当にしょうもないことやってるな……」

アルマは深く溜《た》め息を吐《つ》いた。

「お恥《は》ずかしい話です。弁解の余地もありません……」

「だが、そこになんで《黄金の夜明け団》が関《かか》わってくる？」

「その相手の方が、《黄金の夜明け団》の幹部のリアフレだったんです。当然、レベルは低いので《黄金の夜明け団》には所属していませんでしたが……」

リアフレ、リアルフレンド。要するに現実での友人である。

「《黄金の夜明け団》の幹部の方にマジクラを勧《すす》められて始めた方で、先の騒動《そうどう》のせいでマジクラに嫌気《いやけ》が差して退会してしまったそうです。そのことで腹を立てた幹部が、フレンドと協力してペルシャを攻撃。ペルシャは《猫好き同盟》を抜《ぬ》けて他大陸へと逃《に》げたのですが、《黄金の夜明け団》は他大陸にも支部があります。行く先々で追手による面白《おもしろ》半分の攻撃を受け……彼は退会こそしていませんが、もう一か月近くログインした形跡《けいせき》がないそうです」

アルマは頭を抱《かか》える。

「……まあ、それもマジクラだとよくあることだわな。運営が馬鹿だから、意地でもＰＫ機能の制限を強めようとしないのが悪い。中堅《ちゅうけん》プレイヤーでさえちっと恨《うら》みを買ったら事実上プレイが不可能になる不毛な状況《じょうきょう》、どうにかならんのか。こんな調子だと、そのうちプレイヤーがいなくなってサービス終了することになるぞ」

「あははは……」

「まあ、事情はわかった。つまり、《黄金の夜明け団》に、ペルシャに攻撃しないって約束させればいいんだな?」

「いいえ、少し違うんです」

「なに……?」

「実は、ペルシャがログインしなくなった後……《黄金の夜明け団》が、ペルシャの所属していた連合《ユニオン》も悪いと主張しだしたんです。それから、我々《猫好き同盟》のメンバーに対する攻撃を始めました……」

アルマは再び大きな溜め息を吐いた。

もはや《黄金の夜明け団》の目的が入れ替《か》わっている。報復から、完全にただ格下虐《いじ》めの大義が欲《ほ》しいだけになっている。残念ながら、これもまた、マジクラでは特に珍しい光景ではなかった。

「もうサービス終了した方がいいんじゃねえのか、このクソゲー……」

思わずアルマも、そんなことを呟《つぶや》いてしまった。不毛の輪の連鎖《れんさ》が無限に続いている。

「あの、アルマ様……引き受けてもらえますか?」

「事情はわかった。どっちも悪いじゃねえかと思ってたが、勢い余って無関係なメンバーまで手出ししてやがるとはな。生身で敵陣《てきじん》に乗り込むのは危険だから好きじゃねえんだが、《黄金の夜明け団》のユニオンマスターと話を付けてやる」

「ありがとうございます！　アルマ様！」

ソマリはぺこぺことアルマへ頭を下げた。

2

翌日、アルマは《黄金の夜明け団》のユニオンマスター、クロウリーの居城を訪《おとず》れていた。アルマは客間にてクロウリーと顔を合わせる。《黄金の夜明け団》の他の幹部連中も同席していた。

「これは、これは、錬金王のアルマ殿《どの》……。この吾輩如《わがはいごと》きの居城へお越しいただけるとは、光栄の極《きわ》み」

クロウリーは、鷲鼻《わしばな》に黒いガイゼルを有した、男のアバターだった。

「しかし……本物ですかな？　あのアルマ殿が、このようなつまらん争いに首を突っ込み、単身で我《わ》が居城に出向くなど、少々考え難《がた》いこと。アルマ殿は、病的なまでに警戒心の強い御方《おかた》だとこれまで聞き及《およ》んでいたが。今、もしも吾輩らが本気でアルマ殿へ攻撃に出れば、対応する術《すべ》はないのでは？　よくぞそのような危険を冒《おか》しましたな」

周囲に剣呑《けんのん》な空気が広がる。

「そうだな。マジクラでは、どんな上位プレイヤーも、罠《わな》に掛けられたらそこまでだからな。キルされたら、所有アイテムの全てを失い……拠点も、普段《ふだん》より遥《はる》かに無防備になる。俺みたいなソロプレイヤーは、仲間にキルペナルティで無防備になっている拠点の警護を任せることもできねぇからな」

アルマはそう言って頷《うなず》き、クロウリーを睨《にら》み付ける。

「でだ、やってみるか？　俺が何の対策もしていないと思うのなら、俺を出し抜けると思っているのなら、やってみればいいさ。だが、そのときは、一切容赦《いっさいようしゃ》しねえぞ。仮に俺を倒《たお》せたって、俺不在の《天空要塞ヴァルハラ》も、お前ら如きに墜《お》とせるほどヤワなもんだとは思ってねえだろ？　復活した際には、《天空要塞ヴァルハラ》を用いてここを焼き尽《つ》くさせてもらう」

アルマとクロウリーは、しばし無言のまま見つめ合った。

「フ、フフ、嫌ですな、アルマ殿。ほんの冗談《じょうだん》ですよ。本気になさらずに」

「俺からの話は、《猫好き同盟》への攻撃行為を止めろってことだ。ついでに、他の格下のプレイヤーを狙《ねら》った攻撃も控《ひか》えろ。もしも今後、改善する様子が見られないのなら、俺は《天空要塞ヴァルハラ》を用いて、全力で《黄金の夜明け団》を叩《たた》く」

「………………」

「返事はねぇのか？」

アルマはクロウリーを睨む。

《黄金の夜明け団》は、アルマからすれば取るに足らない連合《ユニオン》だ。まともに《天空要塞ヴァルハラ》を用いて交戦すれば、ほとんど無傷のまま幹部勢全員の拠点を焼き払《はら》える自信があった。自分が出ていけば話はすぐに終わるはずだと、そう考えていた。

だが、どうにもクロウリーの様子が妙《みょう》なのだ。アルマを警戒してこそいるようだが、反抗《はんこう》する意思があるように思える。

「俺とぶつかるのは、お前らにとって損なだけだと思うが？　お前らだって、意地張ってまで《猫好き同盟》を攻撃する意味はないだろ？」

「吾輩は残念でならない。アルマ殿は暴王だのなんだと言われてはおるが、道義を重んじる方だと認識《にんしき》していた。それが連合《ユニオン》同士の争いに首を突っ込み、悪党の肩《かた》を持って我々を詰《なじ》るとは」

「俺達は悪くないってか？」

アルマはうんざりした表情で返す。

ただ威圧《いあつ》して済む問題だと思ったから引き受けたのだ。両者の意を汲《く》んで双方《そうほう》を説得するなど、そんな面倒《めんどう》なことをするつもりはなかった。そもそもそれならば、アルマである必要はない。

マジクラ内では最強プレイヤーだと持て囃《はや》されてこそいるが、別にだからといって特別頭がいいわけでも、人格が優《すぐ》れているわけでもない。ただ多少要領がよく、悪知恵《わるぢえ》が働き、人一倍このゲームにのめり込んだだけのマジクラ中毒者である。引き受けてしまった手前後には引けないが、本格的な仲裁を求められても困る。

「ソマリの奴にもこの場に来てもらうべきだったか、クソ。仕方ねえ、乗っかっちまった俺が悪い。言いたいことがあるなら聞いてやろうじゃねえか」

「いや、アルマ殿に話す必要はないと、吾輩はそう考えている」

「ああ？　俺達は悪くないが、弁解はしない？　そんなもん、滅茶苦茶《めちゃくちゃ》だろうよ」

「吾輩らは吾輩らが正しいと思っておる。アルマ殿が《猫好き同盟》のユニオンマスターであるソマリ殿より聞いたのは、《猫好き同盟》側に都合のいい側面でしかない。だが、無関係なアルマ殿に、わざわざそれを弁解するつもりもない」

「だから頼まれたと言ってるだろ。お前達が聞き入れない、弁解もしないというのなら、俺はソマリの話を信じてお前達を攻撃させてもらうぞ」

「アルマ殿ともあろう御方が、格下の小競《こぜ》り合いに首を突っ込んで、一方的に我々を攻撃するのですかな？」

アルマは苛立《いらだ》ったように、自身のこめかみを指で叩く。

「俺は確かに格下苛《いじ》めは好きじゃねえが、別に体面を気にしてるわけじゃねえよ。恩人のいた連合《ユニオン》に頼まれて、かつそっちに理があると思ったからこうして出向いてやっただけだ。そのことについて、俺は特に、自分の行動に思うところはねえ。言いたいことがあるなら、とっとと言いやがれ、回りくどい」

「いえ……実は、《猫好き同盟》の連中が、アルマ殿の威を借りて我々を脅《おど》しに出るつもりだと聞いて、吾輩も助《すけ》っ人《と》をお呼びしましてな」

客間の扉《とびら》が開いた。《黄金の夜明け団》の一般団員に案内されながら、一人の女が部屋の中へと入って来る。

桃《もも》色の派手な髪に、青の衣《ころも》。ピアスに首飾《くびかざ》り、腕輪《うでわ》に指輪と、自家製らしいアイテムを多く纏っていた。額には、魔法陣のような紋章が入っている。

「お前……！」

アルマは相手の顔を見て、口許を歪《ゆが》めた。

「久し振《ぶ》りだねぇ、アルマちゃん。いやぁ、ニーヴ、会いたかったよぉ」

相手は口を大きく開き、笑《え》みを浮かべてみせた。

《破壊姫ニーヴ》と畏れられる、最上位格のプレイヤーであった。

通常、最上位格のプレイヤーは、上り詰《つ》めれば穏健《おんけん》派になることが多い。目立つため下手な悪事を働けば大量の敵を作るというのもあるが、そもそも最上位格のプレイヤーが極端《きょくたん》なことをすれば、影響力《えいきょうりょく》が大きすぎるために大陸やゲームイベントのパワーバランスを崩壊《ほうかい》させてしまうからだ。

ただ、ニーヴは一切の容赦なく各地を荒《あ》らし回っている。その末についた渾名《あだな》が《破壊姫ニーヴ》である。動向もまともに読めないため、正しくマジクラにおける生きた災害である。

「なんでお前がこんなところにいやがるんだ。仲裁なんてやるタマじゃねえだろ」

「そりゃお互《たが》い様でしょ」

ニーヴは妖《あや》しく笑い、クロウリーの服を掴《つか》んで立たせると、アルマの正面に座った。

「《猫好き同盟》がアルマちゃんを使って脅しを掛けようとしてるって聞いたから、ニーヴが《黄金の夜明け団》に力を貸してあげることにしたの。そっちだけ代役立てるのは卑怯《ひきょう》でしょ？」

ニーヴはウィンクをしてみせる。

「お前……わざわざ俺に喧嘩を売るためだけに、《黄金の夜明け団》に肩入れしやがったな」

「やだなぁ～ニーヴ、クロウリーちゃんが可哀想だと思ったから手を貸してあげようと思っただけだよぉ。だってアルマちゃんに絡《から》まれたら普通、悪くなくたって平謝《ひらあやま》りするしかないじゃん」

これを聞いて、アルマはクロウリーの言葉の意味がようやくわかった。弱い者苛めをするなとは、要するに代役同士で決着をつけろということだったのだ。

「ね、ね！　ニーヴとアルマちゃんの、一騎討ちで決めるのはどうかな？　ニーヴが勝ったら、アルマちゃんはこの件から手を引くの。アルマちゃんが勝ったら、《黄金の夜明け団》は今後《猫好き同盟》に手を出さない。加えて、《黄金の夜明け団》に処罰《しょばつ》なり被害《ひがい》の賠償《ばいしょう》なりさせたかったら、ニーヴは手を出さないから、アルマちゃんの好きにやればいい。それでいいでしょ？」

「ひ、被害の賠償⁉　ニーヴ殿、条件を加えるのはちょっと、その……」

クロウリーはニーヴへとそう訴《うった》えたが、ニーヴに睨まれて引き下がった。

《黄金の夜明け団》がこれまで支部まで動かしてペルシャと関わりのあるプレイヤーを片《かた》っ端《ぱし》から攻撃していたとなれば、壊《こわ》した建造物や略奪《りゃくだつ》したアイテムは、かなりの数になるはずだ。全額賠償となれば、《黄金の夜明け団》はしばらく資金難でまともに活動ができなくなる。規模の縮小は勿《もち》論《ろん》のこと、下手をすれば解散まで追い込まれかねない。

「バカバカしい。俺はあくまで、仲裁役に駆《か》り出されただけだ。なんでこのバカ女と代理決闘なんざしなくちゃならねえんだ。たとえ勝ったって、ニーヴの居城の《破壊宮グリトニル》相手じゃ、俺の天空要塞だって滅茶苦茶になっちまう。修繕《しゅうぜん》費用は《黄金の夜明け団》が十個あったたって足りねえよ」

「あれ、逃げるの？　アルマちゃん」

「おや、意外と弱腰《よわごし》なのだな、アルマ殿は。ここまで言われてこれでは、慎重《しんちょう》というよりも臆病《おくびょう》……いや、失敬」

クロウリーが口許を隠《かく》して笑う。

「……お前煽《あお》ってやがるけど、《破壊宮グリトニル》がまともに動いたら、この大陸の自然が全部死滅《しめつ》すると思えよ？　あれ、爆弾に加えて猛毒《もうどく》と細菌《さいきん》まで撒《ま》き散らすからな。どうせ倒したら倒したで、《終末爆弾》だの高位金属だのを使って盛大《せいだい》に自爆しやがるに決まってるから、大陸の一部が吹き飛ぶぞ。俺も勿論抵抗《ていこう》するからもっと被害が出るだろうし、そうなったらこの大陸に集まって拠点構えてる、お前らが一番損するからな」

「ひいっ！」

アルマの言葉に、クロウリーが後退《あとずさ》りした。

「本気で退《ひ》いちゃう気なの？　ニーヴ、アルマちゃんのために、こんなクソつまんないどーでもいい争いに首突っ込んであげたのに。構ってくれないなんて、残念だなぁ」

「やるわけないだろ」

「わかってるの？　アルマちゃんがいたから、ニーヴ、わざわざクロウリーちゃんに手を貸してあげてるんだよ？　ここでもしもアルマちゃんだけが退いたりなんてしたら、《猫好き同盟》が滅茶苦茶になっちゃうなぁー。ニーヴはこのまま、クロウリーちゃんに手を貸して、《猫好き同盟》を叩き潰しちゃうから」

「お前……！」

「いいのかなぁー、《猫好き同盟》、縁《えん》があったアルマちゃんに頼《たよ》って逃げられたせいで、余計に状況が悪化することになるとは思ってなかっただろうなぁ、すっごい可哀想ー！」

「クソストーカーヤロウが」

アルマが睨み付けると、きゃっきゃっと嬉《うれ》しそうに身を捩《よじ》る。

「きゃあ！　アルマちゃんが怒《おこ》ったぁ！　ニーヴこわーい！」

ニーヴはすぐにわざとらしい仕草を止め、薄《うす》ら笑いをアルマへと向ける。

「しょうがないなぁ、アルマちゃんとクロウリーちゃんのために、居城抜きの生身での戦いにしてあげたっていいよん。持ち込むアイテムは、《魔法袋》に入る分と、装備品のみ！　これなら引き受けてくれる？」

「……最初に現実的じゃねえ案をわざわざ吹っ掛けてきたのは、俺に脅しを掛けて、そっちならマシだと引き受けさせるためか」

アルマは《猫好き同盟》の前ユニオンマスターには恩があった。現実での多忙《たぼう》により前ユニオンマスター本人は引退したそうだが、次代のユニオンマスターであるソマリへと、アルマのプレートを託《たく》している。ここで退いてニーヴの《猫好き同盟》への攻撃を見過ごすのは、恩を仇《あだ》で返すことになる。

「いいぜ、やってやろうじゃねえか、ニーヴ。お前の死体から全部アイテム引き剥《は》がして売っぱらってやるから、覚悟《かくご》しやがれ」

「そうこなくっちゃ、さっすがアルマちゃん。ニーヴ、ひっさしぶりにゾクゾクしてきちゃった」

ニーヴは口の両端《りようはし》を吊《つ》り上げ、邪悪《じやあく》な笑みを浮かべた。

「ニ、ニーヴ殿、本当に勝てるのだろうな？　アルマ殿は、長年マジクラ最強と称されてきたプレイヤー……。負けたときのペナルティが《猫好き同盟》から手を引くだけだというのなら構いはしなかったが、賠償となると、その……」

ニーヴは席を立つと、クロウリーの首を掴んで机へと叩き付けた。

「がはっ⁉」

「確かにアルマちゃんは凄いけど、アルマちゃんが評価されてるのは結局、アイテムの質や数、所有財産のこと。《天空要塞ヴァルハラ》も性能は勿論高いけど、機動力と安定性に特化していて、何かあったときに被害を抑《おさ》えて逃げることを最優先にしてる。同格相手に本気で戦うことを一切想定していない。今回、あの天空要塞は出てこないけれど、それはアルマちゃんの在り方も同じだよ。正面対決なら、この《破壊姫ニーヴ》が一番強いってこと、教えてあげる」

ニーヴはクロウリーの血の付着した、自身の指先を舐《な》めた。

3

決闘のルールを詳しく取り決め、大陸端《はし》の大平原にて戦うことになった。各々《おのおの》の居城である《天空要塞ヴァルハラ》、《破壊宮グリトニル》の使用が禁じられているのは勿論のこと、勝負の前に設置した何らかのギミックを用いることも禁止されている。

相手から逃げるにしても、高度は地上から二十メートル以内、範囲《はんい》は開始地点から半径五キロメートル以内でなければならない。この辺りの制限がなければ、逃げに徹《てっ》した相手を絶対に追いきれなくなるためである。

また、開始地点から半径五キロメートル以内には、プレイヤーやNPCの建造物や村落が一切存在しない。二人の戦いにまともに巻き込まれた場所が無事で済むとは思えないので、プレイヤーやNPCへの配慮《はいりょ》の意味合いもあった。第三者の手を借りるのも勿論禁止だが、《龍珠《りゅうしゅ》》のようなアイテムで捕《と》らえた魔物を相手に嗾《けしか》けることは許容されている。そして勝敗は、アルマかニーヴ、どちらかの死をもってのみ決着とする。

「反則の有無《うむ》を確認するため、両者に《監視《かんし》の首飾り》を装備してもらう」

クロウリーはアルマとニーヴ、両者に首飾りを渡した。

《監視の首飾り》は、あしらわれているクリスタルが周囲の光景を記録し続ける効果を持つ。また、記録した情報を対《つい》となる別のクリスタルへと魔力を電波のようにして遠隔《えんかく》で送り出し、映像を再生する能力を持つ。要するにビデオカメラ機能である。他所《よそ》でチェックしているため、反則行為はすぐに暴《あば》かれる。

アルマとニーヴから距離《きょり》を置いたところに、この戦いを観《み》に来たプレイヤー達が山のように押《お》しかけてきていた。何せ、ゲーム内最強と称されているアルマと、それに次ぐ実力者の一人とされるニーヴの戦いである。それにマジクラでは、最上位のプレイヤーが人前でわざわざプレイヤーと戦うこと自体が稀《まれ》なのだ。

「なんで人前で手の内晒《さら》さにゃいかんのだ」

アルマはぶつぶつと文句を零《こぼ》しながら、ニーヴと向き合った。

「吾輩が開始の合図をする。始め！」

クロウリーの言葉と同時に、ニーヴが《魔法袋》からアイテムをばら撒いた。

「《屍竜《しりゅう》の骨》、《トラペゾヘドロン》、《金のインゴット》、《呪《のろ》われた腐肉《ふにく》》、《怨霊《おんりょう》の欠片《かけら》》！」

ニーヴのばら撒いたアイテムを見て、観客として集まったプレイヤー達は、口々に疑問の言葉を発していた。

「何のためのアイテムだ、アレ？」

「さぁ……多分、なんかの発動条件だと思うが……」

だが、ただ一人素早《すばや》くその意味を理解していたアルマは蒼褪《あおざ》めていた。

「お、おい、さすがに冗談だろ？」

「《冥王《めいおう》の指輪》よ！　我が祈《いの》りに応《こた》え、このニーヴに忠実なしもべを授《さず》けよ！」

ニーヴが左手を掲《かか》げた。中指の紫《むらさき》色の髑髏《どくろ》の指輪がガタガタと震《ふる》え、大きな紫色の魔法陣が展開される。次の瞬間、ドス黒い光が辺り一帯を呑み込んだ。

「か、身体《からだ》が動かない……」

「前、前が見えねえ、何が起こった！」

「うあああ……」

光に呑まれた観衆のプレイヤー達の身体から黒い血が噴《ふ》き出し、肉が腐《くさ》り、眼球が零れ落ちていく。

《冥王の指輪》の効果であった。特定のアイテムを捧《ささ》げた際に特殊効果を発動する。今回の場合であれば、範囲内に存在する呪いへの抵抗の低い者を、全て問答無用で発動者に忠実なゾンビへと変える。戦いを観に来た者の大半がゾンビへと変わり果てており、残ったのは一割程度であった。

アルマは白い小さな竜の背に跨《また》がり、ゾンビ地獄《じごく》から空中へと逃《のが》れた。世界竜の娘《むすめ》、白竜メイリーである。ニーヴのばら撒いたアイテムを見て、魔物を閉じ込めておくアイテムの《龍珠》から解放したのだ。

「や、止めろ、止めてくれ！」

「今デスペナルティでレベル下がったら連合《ユニオン》から追い出されちまうんだよ！」

呪いに対抗できた一割前後のプレイヤー達が、必死にゾンビの大群と戦っている。だが、圧倒的な数の差の前に抗《あがら》えるわけもなく、次々にゾンビに喰《く》われ、自身もゾンビへと変わり果てていく。

地面には大量のアイテムが散らばっていた。マジクラにおいて、アイテムを持ち運ぶためのほぼ必須《ひっす》アイテム《魔法袋》は、所有者の魔力と連動している。そのため、所有者から離《はな》れれば、見かけ以上にアイテムを入れられる効果を失い、破裂《はれつ》することになる。それは所有者が死んだり、ゾンビになったりしたときにも同様である。

「ニーヴ殿ぉおお！　止めさせてええええ！　吾輩、今、レアアイテム持ってるの！　こんなことになると思ってなかったから、持ってきちゃってるの！」

クロウリーが悲鳴を上げながら駆け回っていたが、ゾンビに囲まれて抱《だ》き着かれ、絶命して大量のアイテムを吐き出した。

「あいつ……えげつねぇことしやがる。さすがの俺でもそこまでしねぇよ。人の心がないのか」

アルマも地上を見下ろし、思わずドン引きしていた。

『あ、主様《あるじさま》……何があったの？　なに？　あのゾンビの大群？』

メイリーが声を掛けてくる。

「ちょっとクソ野郎《やろう》と決闘することになっちまって。だが、先手を取られたな」

《冥王の指輪》によって造られたゾンビ達は、ただのゾンビとは異なる。発動者であるニーヴに忠実なのだ。一手で一気に手下を増やされた。

「ルール的にこれ、反則スレスレな気がするけどな。本気で俺に勝ちに来てやがる」

アルマが地上を見下ろしたとき、ニーヴは手にした瓶《びん》の蓋《ふた》を開けていた。中から赤紫の蠅《はえ》が飛び、ゾンビの腐肉を喰らったかと思えば、傷口の中に尻《しり》を突き入れる。次の瞬間、ゾンビの身体が一気に膨《ふく》れ上がったかと思うと、ゾンビの目や耳、鼻口などの穴から、一気に赤紫色の蠅が飛び立った。

『あっ、主様、何あの気持ち悪いの⁉』

「あいつ、やりやがったな！」

アルマが悲鳴を上げる。毒蠅ベーゼルは、ゾンビの腐肉によってのみ卵が孵化《ふか》する。ゾンビの群れがいるところでは爆発的に数が増えるのだ。

増えた毒蠅の群れが、大量にアルマ達へと飛来してくる。まるで赤紫色の霧《きり》のようであった。

「メイリー！　逃げるぞ、奴は猛毒だ！」

『言われなくてもそうするけど⁉』

アルマはメイリーに跨がり、毒蠅の群れから逃げる。

「ニーヴめ……執着心《しゅうちゃくしん》の塊《かたまり》みたいな奴だとは思ってたが、ここまでやって来るとは思わなかった。本気で手段を選ばずに俺に勝ちに来てやがる。奴のことを舐めていたかもしれねえ。メイリーの速度なら毒蠅ベーゼルを振り切れるからどうにかなってるが、もしメイリーがいなかったら今のでかなり危なかったぞ……」

ただ、メイリーの最高速度に匹敵《ひってき》する速度を出す手段はかなり限られてくる。

今回はそれなりの広さで戦うことが許されている。とにかくメイリーさえいれば、窮地《きゅうち》に追い込まれても仕切り直すことができる。いくら手駒《てごま》を増やそうとも、メイリーに追いつけなければ意味がない。

「範囲が決まっているから、そこは気を付けないとな。しかし、いくら範囲内に村落がないとはいっても、あれだけ大量のゾンビと毒蠅生み出したら、間違いなく外部に余波が行くぞ……」

アルマは顎《あご》に手を当て、考える。

ニーヴを甘《あま》く見ていた。しかし、ニーヴにメイリーの最高速度に匹敵する速度は出せない。また、ニーヴはメイリーに匹敵する速度を出せる乗り物を造れる程《ほど》、その分野のスキルを伸《の》ばしてもいない。

魔物に乗るにしても、メイリー並みの速度を出せる使役《しえき》可能な魔物は、特殊イベントでしか手に

入らないはずだ。そしてそのような魔物は、この世界に五体しか存在しない。アルマは、その五体の所在を全て把握《はあく》していた。ニーヴは所有していない。

「逃げ回って時間を稼《かせ》ぎながら準備を整え、罠を張るか。理想は爆殺か圧殺、窒息《ちっそく》狙いだな。ニーヴ相手に下手に接近するのは、メイリーでも危険すぎる」

「アールマちゃ～ん、あーそびーましょ～」

アルマの前方へ、ニーヴの乗った、虹《にじ》色の翅《はね》を持つ大きな蝶《ちょう》が回り込んだ。速さだけであれば、メイリーを間違いなく上回っていた。

「虹幻蝶《こうげんちょう》エーディン⁉　何でお前が持ってやがる！」

「メイリーちゃん対策に、譲《ゆず》ってもらったの。エーディンちゃんが手に入らなかったから、アルマちゃん相手にどう考えても勝ち目なんてないし」

ニーヴがペロリと舌を出す。

特殊イベント専用魔物を有しているプレイヤーは、間違いなく皆《みな》マジクラに人生を捧げている重度のコアゲーマーである。他人に譲るわけがない。手段を選ばずに奪《うば》い取ったのだろう。

「メイリー、止まるな！　ニーヴに突っ込め！」

『う、うん！』

止まれば、背後から毒蠅の群れがやってくる。強引《ごういん》にでも虹幻蝶エーディンとニーヴを突破《とっぱ》するしかない。どうにかエーディンを負傷させて、速度を落とすことができればニーヴを振り切れる。

「う、うぶっ……おえええっ」

ニーヴは大口を開け、喉《のど》を押さえた。

口の中から大量の毒蠅が現れた。咄嗟《とっさ》にアルマに向けて毒蠅を展開できるように、腹の中に隠していたらしい。

口の周りに黒い血が垂れる。毒蠅の毒気で、身体の中がボロボロになっているのだ。

普通ならば、毒蠅の毒に触《ふ》れれば即死《そくし》している。元々ニーヴは毒をばら撒く戦法を好んでおり、巻き込まれないために本人自身がかなりの毒耐性《たいせい》アイテムを積んでいる。ただ、それだけでは、あの程度のダメージで抑えるのは不可能だ。

「《毒神ポーション》か……形振《なりふ》り構わずにも程があるだろ」

《毒神ポーション》は、服用した人間に強力な毒耐性を付与《ふよ》する。ただし、《毒神ポーション》自体が猛毒であり、身体能力を下げる上に、人間が使用すれば服用の十二時間後に必ず死を迎《むか》える。決闘に勝った後ならば、死んでも問題ないという考えなのだろう。

「よくわかったねぇ、さすがニーヴのライバルのアルマちゃん」

「誰《だれ》がお前なんかのライバルだ」

「でも、《毒神ポーション》がわかったところで、毒蠅の挟撃《きょうげき》は避《よ》けられないでしょぉおっ！」

ニーヴが目を見開き、勝ち誇《ほこ》ったように叫《さけ》んだ。

『主様っ！　これ、さすがにまずいんじゃ……！』

「メイリー！　ちょっと痛いが我慢《がまん》しろ！」

アルマは手にしていた黒い金属球を宙へと投げ、指を向けた。

「《ディンダー》！」

発火のスキルである。黒い金属球に炎《ほのお》が灯《とも》ったかと思えば、轟音《ごうおん》と共に爆《は》ぜた。

アルマ特製爆弾である。爆炎《ばくえん》に呑まれた毒蠅が、炎を上げて燃え尽きていく。無論、間近で受けたアルマとメイリーも地面へと叩き付けられた。

投げ出されたアルマが地面を転がり、膝《ひざ》を突いて立ち上がる。ダメージはローブの肩代わり機能がほとんど引き受けてくれるため、アルマ自身にダメージはあまり通っていない。

『けほっ！　こほっ！　ほんっと主様、無茶するんだから！』

「悪いなメイリー。だが、追撃まで猶予《ゆうよ》がない、とっとと俺を乗せて飛んでくれ」

アルマはメイリーの背に乗り、とにかくその場から離れた。

ただ、メイリーの速さは虹幻蝶エーディンに劣《おと》る。エーディンは使役可能魔物の最上位格にして、速度特化型である。いずれ追い付かれるのは明らかだった。

近接戦闘ではメイリーに圧倒的に分があるが、毒蠅がいる上に、接近を許せばニーヴからどんなアイテムが飛んでくるかが未知数すぎるのだ。それは両者にとって同じことだが、アルマは《猫好き同盟》の命運を託されている状況なので、一《いち》か八《ばち》かの近接戦闘を行いたくはない。ニーヴが近接戦闘を望んでいるのは、保守的なアルマに対してニーヴが超《ちょう》攻撃的なスタンスであることもあるが、元よりニーヴは挑戦者《ちょうせんしゃ》側なのだ。背負っているものもないため、不確定要素の多い近接戦闘を平気で仕掛けられる。アルマとしては、極力それに乗りたくはない。

「無尽蔵《むじんぞう》の毒蠅が厄介すぎる……。観衆を蠅の餌《えさ》にしてくることくらい読んで、先に全員殺すなり、洪水《こうずい》でも引き起こして流すべきだったか」

『それもそれでどうかと思うけど……』

メイリーが呆《あき》れたように口にする。

背後へ目を向け、ニーヴの姿を捜《さが》す。今のところ彼女《かのじょ》は視界内にはいなかった。

「ありがたいが、不気味だな。感知の方法なんていくらでもある……何か、企《たくら》んでやがるのか？」

そのとき、アルマの頬《ほお》が濡《ぬ》れた。雨かと思い手で拭《ぬぐ》えば、黒い液体が付いていた。ダメージを肩代わりするローブの耐久値《たいきゅうち》が、僅《わず》かながらに減ったのを感じた。

アルマは空を見上げる。無数の黒い雨粒《あめつぶ》が空から降り注いできていた。

「まずい！　《死の雨》だ！　これが一番の狙いかよ！」

《死の雨》は、《屍喰花《しくいばな》ネクロレシア》が引き起こす異常現象である。ラフレシアに似た毒々しい外観の花であり、大量に発生するとその近辺で猛毒の雨を降らせ、自身は枯《か》れるのだ。種は残さないため繁殖《はんしょく》はせず、毎度錬金術によって用意するしかない。

《屍喰花ネクロレシア》には厳しい生長条件がある。《屍喰花ネクロレシア》の栄養となるゾンビの亡骸《なきがら》が存在することと、《屍喰花ネクロレシア》の交配を行える、強い毒耐性を持つ虫が存在することである。《屍喰花ネクロレシア》は種を残すことができないが、交配しなければ最後まで生長しきることができないのだ。

《冥王の指輪》によって栄養となるゾンビを大量発生させ、そのゾンビを用いて毒蠅ベーゼルを生み出すことで、ニーヴはその条件をクリアしたのだ。

「俺のローブはダメージや状態異常を打ち消せるが、その度《たび》に耐久値が減少する……。こうも持続的に猛毒を付与され続けちゃ、ローブの耐久値がすっからかんになっちまう。これは完全に肩代わり効果対策だ」

アルマは苛立ったように髪を掻《か》く。《毒神ポーション》で自身に強力な毒耐性を付与していたのもこのためだったのだ。蠅を腹部に溜めて奇襲《きしゅう》するためだけではなかった。虹幻蝶エーディンも毒攻撃を有しており、それ故《ゆえ》に自身も強力な毒耐性を持っている。ニーヴ達は、《死の雨》の中でも平然と攻撃に出られるはずだ。

『あ、主様……この毒、ボクでも長時間浴びてるのはあんまりよくないかも……』

メイリーの速度が、かなり落ちてきている。

「クソ！　高さ制限のせいで、雲の上まで逃げられねえ！　追手が遅《おそ》いのは、俺が地上に降りるのを待って攻撃する算段を立ててやがるな」

『どうするの⁉　このままだと、結構ヤバインだけど……。体力はともかく、ボクの翼《つばさ》、あんまり分厚くないからこの雨に晒され続けると、機能しなくなっちゃうかも……』

「横に逃げようにも、範囲内は《死の雨》の圏内《けんない》だ。大陸を守るための範囲制限でもあったのに、あのクソ女、ゾンビに毒蠅、挙げ句は《死の雨》と、本当にロクでもないことしやがる！　良心はねぇのかニーヴ！」

アルマは後方へと大声で叫ぶ。ニーヴに聞こえたのか、聞こえなかったのかはわからない。

アルマは舌打ちをした後、《魔法袋》から二つの瓶を取り出した。片方は真っ赤で、片方は青色である。どちらにも危険を示す髑髏マークが描かれている。

『主様、それは？』

「安全に着地するためのアイテムだ。貴重品だが、背に腹は代えられん。向こうが馬鹿みたいに大金はたいて戦っている以上、節約しながら応戦するにも限度があるらしい」

アルマはまず、真っ赤な瓶を地面へと投げた。地面と衝突《しょうとつ》し、瓶が粉々に割れる。その瞬間、瓶の中から一気にマグマが溢《あふ》れ出し、周辺地面を覆い尽くしていく。

『そ、それは……？』

「マグマや水みたいな、均一な物質を大量に保管しておけるアイテムだ」

地面の中から、二メートル近い虫の魔物達が大量に這《は》い出てきた。ムカデのような魔物から、ゴキブリのような魔物まで存在する。皆、全身が炎に覆われており、苦しげにもがいている。

「ニーヴの奴、追い掛ける足を止めて、虫の魔物を大量に集めて使役するアイテムを使いやがった。《虫蠱塊玉《ちゅうちゅうかいぎょく》》あたりだろうな。そろそろ《屍喰花ネクロレシア》の《死の雨》が発動する頃合《ころあ》いだと見て、地面に降りる俺を狙ったんだ。だが、これで近くの奴らは一掃《いっそう》できたし、アイテムで寄ってきてた奴らも逃げるだろう」

アルマは続いて、青色の瓶を地面に投げつけた。大量の水が溢れ出し、豪炎《ごうえん》と相殺《そうさい》して蒸発していく。こちらも先程のマグマの瓶と同様に、均一な物質を大量に保管しておけるアイテムである。水がほぼ蒸発して、後には視界の一面に広がる焼け焦《こ》げた大地が残った。

「うし、計算通りだな。これで熱が冷めたから降りられる」

『……大陸への被害を抑えるための範囲制限がどうとか言ってなかった？』

「駄目《だめ》とは言ってないだろ、ルール内なんだから。毒を以《もっ》て毒を制す」

アルマはメイリーと共に地上に降り立ち、同時に《龍珠》を掲げた。全長一メートル前後の、白い、短い体毛に全身が覆われた魔物が現れる。モードラゴンの一種である……要するに、大モグラである。

「頼むぞ、モー吉《きち》。地面を掘《ほ》って、近くのダンジョンに繋《つな》げてくれ」

「モー」

モー吉と呼ばれたモードラゴンは、小さく頷いて鳴き声を上げると、一心不乱に穴を掘り進み始めた。

マジクラの地中には無数のダンジョンが存在する。位置さえわかれば、最寄《もよ》りのダンジョンに直通で入り込むまでそう時間は掛からない。

モードラゴンは魔力の帯びた鉱石を嗅《か》ぎ分ける能力がある。ダンジョンにはそういった鉱石が多く存在するため、モードラゴンの探知能力はダンジョンを見つけることができるのだ。

メイリーはその場で身体を翻《ひるがえ》す。白竜の姿が、白いドレスを纏った少女のものへと変わる。

「地中になんて逃げ込んで大丈夫《だいじょうぶ》？」

「問題ない。何か流し込まれたり、爆破されたりはあり得るが、察知してから対応できる範囲だ。もし《破壊宮グリトニル》があったら間違いなく疑似地震《ぎじじしん》みたいなの起こされて生き埋めにされてただろうが、そこまでの規模の連続攻撃の手段はお互《たが》いに今はない。逃げ場がなくなりかねないからあまり取りたい手じゃなかったが、どの道、外があの有様だからな。そろそろ決着をつけてやる」

モードラゴンに続き、アルマはメイリーと共に穴の中へと突入した。想定通り、すぐにダンジョンへと繋がった。

アルマはなるべく視界の開けたところに陣取《じんと》り、ニーヴを迎え撃《う》つことにした。その間も、モードラゴンには採掘を続けさせている。

ニーヴの戦闘スタイルからいって考えにくいが、ここでアルマを一度放置して、戦力集めに徹する可能性もあるからだ。その際に対応できるように、アルマもまた資源を集めておく必要があった。

ここでニーヴが仕掛けてこないようならば幸いでもある。迷宮《めいきゅう》を開拓《かいたく》して一時的な拠点として、無限に戦力を増産することができる。そうすればアルマの得意な戦い方を一方的に押し付け、ニーヴを完封《かんぷう》することもできるだろう。

「ま……そこまで甘くはないわな」

アルマがぽつりと呟く。

「アールマちゃーん、これは、おにごっこでもかくれんぼでもないよ。そろそろ、ニーヴと遊んでよ。逃げてばっかりじゃなくてさあ！」

羽音と共に、虹幻蝶エーディンに乗ったニーヴが姿を現した。

「だが、正面突破は、さすがに舐められすぎだろ！」

アルマは赤い宝石を掲げ、魔力を込めた。宝石は輝きを帯び、周囲へと光を放つ。次の瞬間、ニーヴの通った通路が大爆発を引き起こした。ダンジョン内が激しく揺《ゆ》れる。

赤い宝石の放つ光で起動できる、即席爆弾であった。引っ掛かれば儲《もう》けものだと、アルマが仕掛けておいたものである。

虹幻蝶エーディンを中心に、砂煙《すなけむり》が螺旋《らせんじよう》状に巻き上がる。虹幻蝶エーディンのスキル《風の精の守護》である。球状に風の結界を展開し、あらゆる攻撃を妨《さまた》げる。崩落《ほうらく》した通路による土砂崩《どしやくず》れも、《風の精の守護》が防いでいた。

「叩け、メイリー！　お前なら突き破れる！」

「任せてよね！」

メイリーの爪《つめ》が鋭《するど》く伸びる。尾《お》で地面を叩き、自身をニーヴの許へと弾《はじ》き出した。

メイリーの爪が、虹幻蝶エーディンの《風の精の守護》を突き破った。ダンジョンの崩落による落石を妨げていた風の結界が途切《とぎ》れ、ニーヴの意識が頭上へと向く。その瞬間、メイリーの爪が虹幻蝶エーディンとニーヴの肉を抉《えぐ》った。

虹幻蝶エーディンは翅が切断されて地面に落ち、ニーヴも力を失って体勢を崩《くず》す。

「なんだ、呆気《あつけ》ないじゃん。意外とチョロかったね」

メイリーが得意げに口にする。

ニーヴの強みは、その超攻撃特化の姿勢にある。だが、それは裏を返せば、守りが疎《おろそ》かになっているということでもある。安定した勝利を求めるアルマとは違い、相手に攻撃のターンを譲れば脆《もろ》い。

もっとも、時間を掛ければ《錬金王アルマ》は、あっという間にゼロから強大な拠点を造り上げる。短期決戦を望むのは当然のことであった。

ニーヴは攻撃の手を緩《ゆる》めず、アルマにターンを譲らないようにしていた。それがアルマのマグマのばら撒きによるニーヴの作戦潰しで途切れ、アルマの待ち構えているダンジョンに入り込まなければならなくなった時点で、突撃した際の隙《すき》を突かれるのは当然のことであった。

「退け、メイリー！　罠だ！　ニーヴが、こんなあっさり攻撃を受けるわけがない！」

だからこそ、アルマは叫んだ。

当然、わかりきったことだ。だからこそ、ニーヴの上位プレイヤーが、あっさりと突撃してくるわけがない。ニーヴはアルマの相棒であるメイリーのスペックなど、事前に研究し尽くしていたに決まっているのだから。

「いや、でも、実際当たって……」

メイリーがそう口にしたとき、ニーヴの姿が崩れて粘体《ねんたい》へと変わり、彼女へと纏わりついた。

「嘘《うそ》ぉ、スライム⁉」

メタモルスライム……他者に化けることに特化したスライムである。使役可能な魔物の中でも準最強格であり、拘束能力も高い。

ニーヴの声がしたのは、彼女の姿が見える直前だった。以来、彼女は一度も喋《しゃべ》っていなかった。

「スライムの手応えじゃなかったのに！」

メイリーが叫ぶが、そのカラクリはすぐにわかった。身体や他の装飾品《そうしょくひん》が溶《と》けていくのに対して、ニーヴの青い外套《がいとう》だけ、そのままスライムに残っていた。メタモルスライムの罠が見抜かれないように、外套を犠牲《ぎせい》にしてスライムに着せていたのだ。ニーヴの外套には装備者を守る様々な付与効果が仕掛けられていたため、直接攻撃したメイリーも本物のニーヴだと錯覚《さっかく》させられ、気が付くのが大きく遅《おく》れた。

「さすがに掛かってくれたねえええええ！」

死角から、下着姿のニーヴが現れた。腰に革《かわ》のベルトで《魔法袋》を強引に固定している。手には、巨大《きよだい》な鉤爪《かぎづめ》を付けていた。メイリーの腹部に、水晶《すいしょう》の爪が喰い込んだ。

「痛いぃっ！」

ドレスが破れ、爪を受けた肌《はだ》が黒く変色する。

「メイリー！」

「どう？　ヒュドラ毒を対竜用に仕上げた特製毒を塗《ぬ》った、異界水晶の鉤爪の味！　さすがに世界竜オピーオーンの娘でも効くでしょ！」

ただ、メタモルスライムも毒の爪を受け、黒く変色していた。拘束力も弱まったらしく、メイリーは地面を蹴《け》って振り切って後退し、アルマの許へと戻《もど》った。

だが、動き方が鈍《にぶ》く、歪《いびつ》である。直接専用毒をぶつけられたダメージがかなり響《ひび》いている。アルマはメイリーの身体を腕で支えた。

「主様……ボク、限界かも」

「お終《しま》いね。これでアルマちゃんは、使役魔物の中で最高速度を持ち、近接戦に最も適した魔物を失った。さっきの爆発の崩落で、各地の通路も塞《ふさ》がれて、まともに逃げられる道もない。この状況なら、ニーヴが勝つわ。アルマちゃん、最近はオピーオーンの娘に頼りっきりで、戦闘用の魔物はあんまり持ち歩いてないでしょ？」

「そうだな……正直、ここまで追い込まれるとは思ってなかった」

アルマはそう言うなり、《魔法袋》に手を突き入れて周囲にアイテムをばら撒いた。

「《不浄《ふじょう》の冠《かんむり》》、《九魂猫《きゅうこんねこ》の尾》、《黄金の蝦蟇像《がまぞう》》、《蜘蛛神《くもがみ》の脚《あし》》！」

アルマがばら撒いたアイテムを見て、ニーヴの顔色が曇《くも》った。

「ア、アルマちゃん、何やってるの⁉　それ……」

「《運命の輪》よ！　我が祈りに応え、この俺に相応《ふさわ》しき強者との戦いを！」

アルマは右手を掲げ、人差し指の指輪に魔力を込める。巨大な魔法陣が展開され、地下ダンジョンの空間いっぱいに、巨大な魔物が現れた。

「ウヴォオオオオオオオオオオオオオ！」

王冠《おうかん》を着けた巨大な老人の頭部の左右に、猫の化け物の頭部と、ヒキガエルの頭部が並んでいる。首はなく、毛の生えた蜘蛛の脚が、頭部の接合部を埋めるように生えていた。

《運命の輪》を用いて、特定のアイテムを捧げた場合にのみ出現する魔物……《ザ・バエル》である。その強さは、最上位プレイヤーに向けたイベントボス《エンドコンテンツ》にも匹敵する。複数の最上位勢が各自の居城を用いて攻略することを前提とした、ゲームの終端ボスである。

元々、《運命の輪》はバエルを使役するためのアイテムではない。バエルと戦うためのアイテムである。倒せば、暗黒結晶《ダークマター》の塊を落とす。暗黒結晶《ダークマター》は謎《なぞ》の多い、マジクラ内で最上位格の鉱石である。入手する数少ない方法の一つが、バエルを呼び出して討伐《とうばつ》することであった。

バエルは同格ボスの中では最も与《くみ》しやすい相手だとされている。それは必要なアイテムさえあれば好きなときに、罠を仕掛けたところに呼び出すことができるためである。延々罠でハメ続けて動けなくし、バエルが息絶えるまで爆撃でもなんでもすればいい。コストさえ掛ければ比較的《ひかくてき》安全に仕留められるという点で、ゲームの終端級《エンドコンテンツ》ボスの中では最弱として扱《あつか》われている。

ただ、それも、事前に準備していれば、の話である。

「アルマちゃん馬鹿なの⁉　こんなところで討伐手段も確立せずに呼び出したら、この大陸が滅茶苦茶になるでしょお⁉」

「お前が言えたことかよ！」

アルマは、本来呼び出して戦うための危険な魔物を、逃げ場のないダンジョン奥地《おくち》にて、ニーヴに嗾けるためだけに使用したのだ。召喚《しょうかん》に必要なアイテムは、どれも最上位プレイヤーであっても気軽に用意できるものではない。こんな作戦を取れるのはマジクラ内でアルマくらいである。

「冗談じゃない……さすがにニーヴも、逃げるから！」

ニーヴは、カエルの頭のついたステッキを《魔法袋》から取り出した。

マジクラは瞬間移動を行える手段は少ない。唯一《ゆいいつ》それをお手軽に可能にする、上位プレイヤーの必需品《ひつじゅひん》、緊急脱出《きんきゅうだっしゅつ》用アイテム《トードステッキ》である。

《トードステッキ》［ランク：4］

先端にトードの頭のついた、可愛《かわい》らしい杖《つえ》。魔法スキル《カエルカエル》を扱うことができる。

魔力抵抗に失敗した相手の座標を、事前に魔術式を刻んでおいたトードとイレカエルことができる。

なお、トードが半径五百メートル以内にいなければ失敗する。


ニーヴはいざというときに備え、ダンジョンの外に魔術式を刻んだトードを置いておいたのだ。

「《カエルカエル》！」

ニーヴの杖から出た光が、彼女自身を包み込む。

アルマは新しい《龍珠》を掲げた。背に魔術式の刻まれた、五十センチメートル大のトードが現れた。

「ヴェッ」

アルマはメイリーに、トードを手渡す。

「ニーヴ！　喜べ！　俺からのプレゼントだぁっ！」

メイリーは即座に、トードをバエルの頭上へと放《ほう》り投げた。

《トードステッキ》の効果は、一番近いトードに対して優先的に機能する。《カエルカエル》の入れ替え対象は、ニーヴが用意していたトードから、たった今放り投げたトードへと入れ替わった。

ニーヴの姿が消え、バエルの頭上へと出現した。

「ひっ、ひぃいっ！　嫌ぁっ！」

ニーヴが悲鳴を上げる。王冠を着けた老人の頭部が頭上を見上げ、大きく裂《さ》けた口でニーヴを呑み込んだ。

「マジクラのクソ運営が、お手軽緊急脱出用アイテムなんぞ作ってくれるわけがなかろうに」

アルマはほくそ笑みながらバエルを見上げる。

《トードステッキ》による脱出など、対策されればそれまでなのだ。自分から墓穴《ぼけつ》に飛び込む行為に等しい。無論、ニーヴもその可能性はわかっていたはずだが、それ以外に手がなかったのだ。

「主様……でもあれ、どうするの？」

そのとき、アルマの後ろの壁が崩れ、モードラゴンが顔を伸ばした。

「モー」

「でかした！　モー吉！」

アルマはモードラゴンに、ニーヴがすぐに追って来なかったときに備えて採掘を任せていたが、そのついでにバエル召喚の必要に迫《せま》られた際のことを考え、脱出用通路を造らせていた。どちらも地面を掘るのが主な仕事であるため、並行して進めることが可能である。

モードラゴンがすばやく頭を引っ込める。アルマはバエルにひらひらと手を振った後、メイリーを抱き締《し》めてモードラゴンの掘った穴の中へと飛び込んだ。身体を丸め、急斜面《きゅうしゃめん》の通路を転がり落ちる。

身体をぶつけるダメージは、ローブが肩代わりしてくれる。バエルの巨体でアルマを追うには、ダンジョンを崩しながら進まなければならない。ほぼ落下するアルマに追いつくのは不可能であった。後は、バエルを振り切ってから地上へゆっくりと帰ればいいだけだ。

「ハハハハ！　俺の勝ちだ、ニーヴ！　久々に苦戦させられて楽しかったぜ！　二度とごめんだがな！」

　アルマは全身を打ち付けながら、高らかに笑って勝利宣言をした。

4

　半日後、アルマは再びクロウリーの居城にて、《黄金の夜明け団》の幹部達と顔を合わせていた。ニーヴはデスペナルティからの復帰後、《破壊宮グリトニル》と共にこの大陸を去った。上位プレイヤーは皆、負けず嫌《ぎら》いでプライドが高い。ただ、またほとぼりが冷めた頃に、何かちょっかいを仕掛けてくることであろう。マジクラに対人戦を求めるニーヴにとって、アルマはほぼ唯一の遊び相手なのだから。

「全面的に、我々の非を認める……。全世界の支部に《猫好き同盟》への攻撃を止めさせる他、ネット掲示板《けいじばん》にて、謝罪文と今回の騒動の一部始終を誤解のないように記載《きさい》させていただき、《猫好き同盟》及びペルシャ殿の名誉《めいよ》回復に努める……」

《破壊姫ニーヴ》の後ろ盾《だて》をなくしたクロウリーが、がっくりとアルマへと頭を下げる。アバターなのでそんなはずはないのだが、卑屈《ひくつ》な姿勢のためか、やややつれたように感じた。ニーヴの《冥王の指輪》に巻き込まれた上にアイテムの回収に失敗してメイン装備をロストしたため、装備が質素になったことは間違いないが。

今回の騒動で一番得をしたのは、ニーヴの《冥王の指輪》で一掃されたプレイヤーのアイテムを根こそぎ火事場泥棒《どろぼう》したプレイヤーに間違いなかった。

「マジクラじゃ、よくある騒動だ。次からは容赦しないから、しっかりと部下を厳しく見ておけよ？」

「はっ……承知いたしました。卑劣《ひれつ》な行為を働いた我々への、寛大《かんだい》な処分、ありがたく存じます」

クロウリーはぺこぺこと頭を下げ、それから物言いたげな目でアルマを見る。

「ただ……あの……」

「……壊した建造物やら諸々《もろもろ》を《黄金の夜明け団》に弁償《べんしょう》させるつもりだったが、今回は俺が立て替えて《猫好き同盟》に払っておいてやる。俺からすれば、大した額じゃないからな。ゲームバランスを崩すからこういう真似《まね》はしたくなかったが、今回だけは特別だ。心を入れ替えろ、クロウリー」

「アルマ殿……なんとお礼を申せばよいものか……」

クロウリーは何度目になるかわからない礼を口にし、頭を下げる。

「……ただ、その、ですね……。非常に申し上げ難《にく》いのですが……えっと、ですね。アルマ殿のような御方のお手数をお掛けするのは、本当に申し訳ないと存じているのですが、その……やっぱりアレに関しては、責任をどうにか取っていただければと、その……」

まごまごと口を動かす。言葉を必死に選んでいるようであった。アルマはクロウリーの様子を見て歯を噛《か》み締め、机を拳《こぶし》で派手に叩いた。

「うるせえなあ！　言われなくてもわかってるよ！　今、俺がどうにかする策を考えてやってんだろうが！」

この大陸は《黄金の夜明け団》や、その支部のメンバーの都市や王国、拠点が数多く存在する。それらが今、地下から脱出したバエルの暴走によって破壊されているのだ。元々、バエルは無計画に、人間のいる大陸に放っていい存在ではない。

この半日で、既《すで》に大陸内の建物の一割近くが壊されたという。いずれ大陸の全ての命を奪ったバエルは、海を跨《また》いで他の大陸へと向かうであろう。放置していれば、どれだけの被害が出ることかわかったものではない。

「《破壊宮グリトニル》の補佐《ほさ》があったら、少ない被害で殺し切れるはずだったのに！　あのヤロウ、負けたショックで速攻とんずらしやがって！　お前を倒すために召喚したんだから、責任取って少しくらいダメージを稼ぎやがれ！」

アルマは机を叩きながらそう怒鳴《どな》った。集まった《黄金の夜明け団》の幹部達は、皆お通夜《つや》のような顔をして俯《うつむ》き、黙《だま》りこくっていた。

錬金王アルマのVRMMO《マジクラ》攻略メモ

《終末爆弾》【ランク：9】

可愛らしい顔のついた、これでもかと火薬の詰まった黒い金属球だ。対魔物や対人は勿論、攻城や破壊工作、悪戯にも使える万能アイテムだ。マジクラの中堅プレイヤーもお守り的に一つ持っていることが多い。上位プレイヤーは大抵馬鹿みたいに溜め込んでいやがる。多少錬金に金は掛かるが、それでも手軽に広範囲高火力をぶっ飛ばせることに変わりはないからな。「造るより壊す方が簡単」を体現したかのようなアイテムだ。対人戦での対策は拠点の壁を硬くすることと、戦いになる前に相手の爆弾保管庫をどうにか爆破しちまうことだな。マジクラの対人戦は準備を怠らなかった方が勝利する。

《アダマント鉱石》【ランク：10】

深紅の輝きを帯びた鉱石だ。特定のダンジョンの奥深くにのみ存在する。基本的にマジクラの上位プレイヤーは、最終的なメイン武器を《アダマント鉱石》で造りたいと考えている。ただ、需要に対して極端に供給が少ない。実力不相応なものが持ち歩いていれば、すぐさま他の上位プレイヤーに囲まれてカツアゲに遭うことだろう。

因みにマジクラでは《アダマントソード》が一本二百億ゴールドから取引されていた。剣以外にも斧や鍬、ツルハシ、釣り竿、収納箱、錬金炉なんかもアダマントを用いて造ることができる。ただ、一番需要があるのはぶっちぎりで剣だったな。後はせいぜい鎧くらいか。マニアックなところで錬金炉ってところだ。

剣、鎧、錬金炉以外を造れば、それだけで大損だと言われていた。剣と鎧は性能に直結してくれる。錬金炉も作業効率を大幅に上げることができる。ただ、他のアイテムに関しては、ちょっと丈夫になったり作業が効率的になったりするとしても、アダマントを入手するために払った対価と釣り合っているとはちょっと言い難いからだ。剣、鎧、錬金炉以外だったら、基本的にはアダマント鉱石をそのまま取引した方が高い値がつくくらいだ。

もっとも、俺は《アダマント鉱石》が余っていたから全部造ったし、一面《アダマント鉱石》張りの部屋も造ったくらいだけどな。

《運命の輪》【ランク：11】

マジクラ最難関ボスの一角、《ザ・バエル》を召喚するのに必要な指輪だ。もっともこの指輪だけでバエルを召喚できるわけではなくて、《不浄の冠》、《九魂猫の尾》、《黄金の蝦蟇像》、《蜘蛛神の脚》を捧げる必要がある。召喚したバエルを討伐すれば最上位格のアイテムである［ランク：12］の暗黒結晶《ダークマター》の塊を手に入れることができる。

最難関ボスの中では最も倒しやすい。ただ、それは決してバエルが弱いわけではない。好きなタイミングで召喚できるため、罠の連打で仕留めきることができるからだ。ただ、生半可な罠だと殺し損ねて逃げられて、その先で回復されて収拾がつかなくなっちまう。実際、マジクラ内では数回そういう事故が起きている。

そのときは大陸内のプレイヤーが総力を挙げて討伐に掛かることになるが、それでも無理だと結論が出て、都市やＮＰＣを見捨てて大陸から全プレイヤーが引き上げたこともある。バエルは空を飛ばないのが救いだな。召喚主は最悪の場合に備えて逃げる手筈を整えているから、巻き込まれた人間の方が遥かに被害が大きかったりするんだよな。不条理なことに。

……因みに俺は、一回だけ正面から戦ってみたくて、無人島でバエルを召喚したことがある。案の定《天空要塞ヴァルハラ》を壊されかけて逃げたんだが、小さい島だったせいかいつまでもバエルの気が逸れなくて、海を掻き分けてどこまでも追いかけてきたのがビビったな。他の大陸に辿り着いてなきゃいいんだが。

あとがき

作者の猫子《ねこ》と申します。『最強錬金術師《れんきんじゅつし》の異世界開拓記《かいたくき》』をお買い上げいただき、ありがとうございます！

イラストレーターはriritoさんです。自由奔放《じゆうほんぽう》なアルマを格好よく、活き活《い》きと描《か》いていただきました！　メイリーちゃんも可愛《かわい》らしくデザインしていただけて嬉《うれ》しいです！

表紙はアルマ、メイリー、そしてハロルドとヴェイン、エリシア、ライネルですね。表紙でも手に鍬《くわ》を持っているのがアルマさんらしくてほっこりします。く、鍬は鍬でも、一応はアルマのメインウェポンなので……。《アダマントの鍬》の今後の活躍《かつやく》にご期待ください！

自分としては表紙にホルスを入れてもらえたのが嬉しかったです。表紙に入れるかどうかでいうと微妙《びみょう》なポジションでしたが、こういう三枚目マスコットキャラが好きなもので。

ちょこっとした裏話ですが、元のタイトルは『最強錬金術師の異世界珍道中《ちんどうちゅう》』でした。何が変わったかというと、珍道中が開拓記になったわけですね。

この改題ですが、砂山より低く水溜《みずた》まりより浅い事情がありまして。最初は「珍道中ってなんか語呂《ごろ》いいし格好よくないか？」と思っていたのですが、別にこの作品そんなに珍道中って感じじゃないんですよね。

珍道中は珍《めずら》しい旅という意味なわけですが、別にそんなにがっつり旅はしていないので。早々に拠点《きよてん》固めちゃいましたし。それに珍道中って道中がついているので、何か大きな目的があって各地を転々としているその道中の珍事を中心にした小説、みたいなニュアンスが強くなっちゃいそうな気はしていたんですね。

知人からもちょこちょこ突《つ》っ込《こ》まれていたのですが、なんか変に意固地になってしまって「作中であちこち出向く予定だからこれでいいの！　珍道中なの！」と押《お》し通していました。ただ、冷静に読み返すとやっぱり旅要素はなかったですね。

確かに山に出向いて鉱石集めはしていましたが、これを引き合いに出して旅ということにしてしまったら、ほぼ全《すべ》てのファンタジー小説のタイトルに旅が入ることでしょう。

さすがにまずいかなあと思っていたところ、編集さんからもきっちりと「タイトル変えた方がよくないですか？」とご提案をいただきまして、いよいよ観念して改題を決心するに至りました。ハロルドの村を拠点として錬金術であれやこれやと設備を調《ととの》えていくお話なので、異世界開拓記とすることになりました。

DRAGON NOVELS
ドラゴンノベルス

最強錬金術師の異世界開拓記

2021年1月5日　初版発行

著　　者　猫子《ねここ》

発 行 者　青柳昌行

発　　行　株式会社 KADOKAWA
〒102-8177　東京都千代田区富士見2-13-3
電話 0570-002-301（ナビダイヤル）

編　　集　ゲーム・企画書籍編集部

装　　丁　AFTERGLOW

D　T　P　株式会社スタジオ205

印 刷 所　大日本印刷株式会社

製 本 所　大日本印刷株式会社

DRAGON NOVELS ロゴデザイン　久留一郎デザイン室+YAZIRI

●お問い合わせ
https://www.kadokawa.co.jp/（「お問い合わせ」へお進みください）
※内容によっては、お答えできない場合があります。
※サポートは日本国内のみとさせていただきます。
※ Japanese text only

定価（または価格）はカバーに表示してあります。

ISBN978-4-04-073937-3　C0093